JN132260
王女殿下はお怒りのようです
9.千年の時を越えて
Royal Highness Princess seems to be angry
author
八ツ橋 皓
illustration
凪白みと

その瞬間がやってきたことを、
魂で自覚した。

寄せては引く波のように、記憶が蘇る。
太古の昔、聖なる光を体の一部のように扱っていた、
あの頃の記憶。

「あなたはちゃんと、英雄だわ」
色を失くしたサラの顔に
浮かぶ笑みは穏やかだ。
サラにも、それがわかっているのだろう。

王女殿下はお怒りのようです

9．千年の時を越えて

八ツ橋　皓

OVERLAP

CHARACTER

ジーク・ヴィオリス

ルクレツィア学園に通うドロッセルの友人。レティシエルの伴侶であったナオによく似ている。

ドロッセル・ノア
（レティシエル・リジェネローゼ）

千年前の王女・レティシエルが転生した少女。公爵家と袂を分かち、平民の身分となった。

クリスタ＝アマリリス＝フィリアレギス

フィリアレギス公爵家の三女。ドロッセルの双子の妹。

ルヴィク・レイン

ドロッセルが六歳の時から彼女に仕えている専属執事。

ニコル・ラベンデル

ドロッセルがかつて助けた侍女。今はドロッセルに仕えている。

エーデルハルト＝ノウル＝アレスター＝プラティナ

プラティナ王国の第三王子。常日頃から各地を飛び回り、王都にほぼ寄り付かない。

ライオネル＝ルーク＝アレスター＝プラティナ

プラティナ王国の第二王子。笑みは絶やさないが、その考えは誰にも読めない。

ロシュフォード＝ベルアーク＝アレスター＝プラティナ

プラティナ王国の第一王子。昏睡状態から目覚めるも、記憶喪失に。

ヴェロニカ=エステル=バレンタイン

ドロッセルの友人の一人。魔力飽和症を患っており、錬金術に興味を示す。

ヒルメス=リーフ=グヴェール

ミランダレットの婚約者。剣術が得意で、魔術と剣術の組み合わせに燃える。

ミランダレット=ルル=ウォルド

ドロッセルの友人の一人。ドロッセルに魔術を教わっている。

ティーナ

光の精霊王であり、ディトとは双子。表情はあまり変わらないタイプ。

ディト

無の精霊王であり、ティーナと双子。好奇心旺盛で活発な性格。

ルーカス=ド=オラシオ

ルクレツィア学園の学園長。ドロッセルの言動によく振り回される苦労人。

白の結社

ジャクドー

白の結社の一員。サラのことを『旦那』と呼び、彼もまた何かを隠している様子。

ミルグレイン

白の結社の一員。サラに心酔しており、軽口を叩くジャクドーを警戒する。

サラ

白の結社を率いる謎の存在。千年前から転生してきたレティシエルの存在を知る。

デイヴィッド

学園の大図書館の司書。ジャクドーとの戦いで命を落とす。

『白い少女』

何度もレティシエルの目の前に現れ、彼女を導く謎の少女。

Royal Highness Princess
seems to be angry

9.

千年の時を越えて

CONTENTS

イラスト－凪白みと

序章　誰《た》そ彼《がれ》の記憶

いつからだろう。気づけばいつも、心の中に見えないお友だちがいた。

――泣いているの？

――だって、わたしはわるい子だから。

――君は悪くないよ

――そんなことない。また、クリスタをきずつけた。お父さまもお母さまも、お兄さまもお姉さまも、わたしを気味わるく思ってる。

――大丈夫。その力は君のもの。きっと使いこなせる日が来る

――ほんとうに？

――本当だよ。君のことなら、なんでもわかるもの

――……じゃあ、わたし、がんばる。がんばってこの力、使いこなせるようにする。もうだれも、きずつけないで済むように。

人を傷つける不思議な力を持って生まれた。不安定な情緒にさいなまれたときも、力を暴走させてしまったときも、それはいつも一番近くにいてくれた。

――自分を責めてはダメ。すぐにはうまくいかなくても、根気よく向き合い続けるの

――うん……。いつか、この力でだれかを助けられる？
――君ならできるよ
――わたしなら、できる……。
――でもごめんね
――どうして、謝るの？
――使いこなせたら、きっと君は戻れないから
――……？
――まだ、知る必要はないよ。だから今は、ゆっくりおやすみ
年を重ねていくうちに、いつの間にかいなくなってしまった、見えないお友だち。
自分とまるっきりそっくりな声色をしたそのお友だちの正体は、今になってもわからないままだった。

＊＊＊

「レティ、こんなところに隠れてどうしたの？」

城の資材倉庫の隅にうずくまっていると、ロウソクの明かりとともに母がやってきた。

物心がついたばかりの頃、病で早世した母。どんなときにもいつも味方でいてくれた母。

落ち込んだ心のまま、膝に顔をうずめてぼそぼそと答える。

「……きょうも、ちからをうまく、せいぎょできませんでした。へいしゃを、ふきとばしてしまいました」

「元通りに修復したとも聞いたわよ？　そのときは魔術、上手にコントロールできたのでしょう？」

「……いつもできなくちゃ、だめなのに」

「レティ、あなたはまだほんの幼い子供。上手にできないことのほうがずっと多いわ。だから焦ることはないの。一つずつ、できることを増やしていくことが大切よ」

生まれつき魔素に好かれていた。物心つく前から仕組みもわからないまま魔術を使い始めていた。

国の人たちは、それを見て「魔術の申し子だ」とこぞって喜んだ。父も母も、国中のみんなが。だから期待に応えたかった。早く一人前の魔術師になって、国の役に立てるようになりたかった。

そう思っているのに、いつも力の制御がうまくできない。制御できないと決まって周りに迷惑をかけた。

みんな、きっとできると言ってくれるけど、そのたびに能力一つままならない自分が嫌になって、一人になれそうな場所に逃げ込む。

「どうして、わたしなんでしょうか。わたしがひめだから、くにをまもるためのちからを、かみさまがくれたのですか？」

あなた様は魔術の申し子だ、とみんなは言うけど、魔術を制御することもできない自分がそう呼ばれるなんておかしいと思ってしまう。

　こんな戦乱ばかりの世界では、戦う力を持ってもそれを己のものにできなければただの宝の持ち腐れ。それどころかその力によって身を滅ぼしてしまうことだって珍しくない。

　早く魔術を上達させたい焦燥は、いつもこの質問に行き着いてしまう。どうしてわたしなの？　もっと他に、魔術と上手に付き合える人がいるはずなのに。

　何度もぶつけられている質問に、母は嫌な顔一つしなかった。いつものように目の前にしゃがんで目を合わせ、おどけるように肩をすくめてみせた。

「さぁ……？　それはわたくしにもわからないわ」

「かあさまにも、わからないのですか？　おほしさまは、おしえてくれないのですか？」

「星はたくさんのことを知っている。それでも星読みは万能ではないもの。人の子が見通せるものなんて、いつもほんの一握りにすぎないわ」

　母は魔術こそさほど使えないけど、星を読む能力に長《た》けていた。戦や国の危機のたび、星に問うて父やみんなに助言をあたえる。みんなから頼られている。

　そんな母が、子供の頃はとても羨ましかった。あんなに早く逝ってしまうとは思わなかった。星の見えない暗い夜だった。

「だけどレティ、あなたが魔術の申し子として生まれて、その小さな手に余るほどの力を持たされているのには、きっと理由がある」

「りゆう……？」

そう言われても、あまりピンとこない。

「あなたは何かの宿命を背負っている。それこそ魂に刻まれるような、逃れようのない重たい使命。いつの日か、それを果たすときが必ず来る。あなたが生まれた瞬間から、わたくし、それだけは確信していたわ」

母の表情は真剣で、それだけで漠然と、聞き逃してはいけない、と思った。この言葉を忘れてはいけない。いつか、その本当の意味を知る日が来る。そう予感した。

「だからそれがわかるまで、あなたの力から逃げてはいけない。わからなくても、自分なりに向き合い続けるの。そうでないと、大切なものを守れない」

「むきあい、つづける……」

「あなたはリジェネローゼの王女よ。いつまでも泣きべそをかいていては駄目よ」

「……なきべそは、かいていません」

「あら、そう？　ふふ」

実はちょっとだけ目じりににじんでいた涙を、見つからないようこっそり拭う。真面目な顔を緩めて楽しそうに母が笑う。強がりも全部お見通しなのかもしれない。

「魔術の特訓をするなら、ちょうど適任の方がいるかもしれないわ」

「？」

「わたくしの友人なのだけど、元々は第一線で魔術の研究をされていた方よ。ちょっといろいろあって、今はリジェネローゼに移り住んでいらっしゃるわ」

母の語るその友人は、どうやら研究だけでなく魔術師としても一流だったという。それを聞いて、がぜんその人物に興味を持った。

その人のところで訓練に励んで、たくさん勉強して、そうすればもっと早く魔術を自分のものにできるかもしれない。

「その方、あなたと同じ年頃の娘さんがいらっしゃるんですって。サラさん、とおっしゃっていたかしら。きっと仲良くしてくれるわ」

母の手が頭を撫《な》でる。その感触が氷のように冷たくて、もう自分を撫でてくれる人はいないのだと思い出した。

＊＊＊

真っ暗な世界で目を覚ました。混沌《こんとん》があふれ、闇が支配する黒い黒い世界。

わたくしを望んで、呼んで、この世界に生をもたらしてくれた人たちが目の前に跪《ひざまず》いている。ついに、とか、ようやく、とか、歓喜に打ち震えている。

この人たちのことも、自分自身のことも、何もわからない。ただ瘴気《しょうき》に包まれて途方に暮れているこの世界が、わたくしを呼んだことだけは漠然と理解していた。

人々は瘴気の侵食に怯《おび》えていた。呑《の》まれてしまえば最後、人としての自我すらも崩壊して怪物となり果ててしまう。

たくさんの人がそうして家族を亡くし、友人を亡くし、瘴気に抗《あらが》うすべのない彼らの世界は、深い悲しみに満ち満ちていた。

だけど彼らはわたくしを大事にしてくれた。闇に呑まれて消えてしまわないように、小さな光をガラス瓶に入れて、成長するまで育んでくれた。

ガラス瓶の中から、わたしは人類を観察し続けた。来る日も来る日も、ガラス越しにのぞく日々の営みを眺め続ける。

悲しみに満ちていても、人々は日々を懸命に生きていた。抗いようのない瘴気の災厄に怯えながらも、笑顔を決して失ったりはしない。

楽しいことがあれば、みんなで笑う。苦しいことがあれば、みんなで分かち合う。手を取り合い、泥臭くても前を向くその姿勢が、強烈に愛《いと》おしい。

一番たくさんお世話してくれた女の子の姿を真似《まね》るようになって、ようやくガラス瓶から出られるようになった。

持って生まれた力は、誰に教わるわけでもなく初めから自在に扱えていた。だから迷わず、瘴気を浄化する道を選んだ。

わたくしに名はない。人々はわたくしに呼び名をつけた。聖霊姫。その日から、わたくしは聖霊姫となった。

聖霊姫さま、どうか我らをお守りください。我らをお導きください。あなただけが希望なのです。

だからわたくしは決めたの。この人たちのために為《な》すべきことを為そうと。彼らがわたくしを望むなら、この光で、世界の闇を祓《はら》ってみせようと。

そんな世界で生きる人類が、心から笑っているところを見てみたいから。

一章　蘇る絶望

灰色の空に漆黒の闇がむくむくと膨れ上がっていく。まるで真っ黒な入道雲が空にかかっているようなその様子を、レティシエルは呆然《ぼうぜん》と見上げていた。

（……懐かしい）

入道雲のような闇の塊は爛々《らんらん》と深紅の眼《め》を光らせ、ときどき甲高く耳障りな鳴き声をあたりにとどろかせる。

周囲の人々が耳を塞いだのが横目に見えた。だけどレティシエルは、どうしてかその音に耳を塞ぎたくなるほどの嫌悪感は覚えなかった。

（どうして、懐かしいのだろう……）

あんな闇の怪物など知らない。知らないはずなのに、意味も分からず心は同じ感情を訴え続ける。

それを感じているのは誰？　レティシエルではないのだとしたら、ドロッセル？　それとももっと別の誰か？

「……い」

サラの北斗七星陣が起動してから、レティシエルはどんどん自分を見失っているような気がする。ドロッセルのことを知っていった先で、それよりもさらに奥まった場所があることを察してしまった。

「……おい」

レティシエルも、ドロッセルも、きっと知らない何かがまだ残っている。そうでないと、あの怪物に感じる懐かしさの説明がつかない。

だけどどうして今になって、こんなに怒濤《どとう》に知らない過去が顔をのぞかせてくるのだろう。本当にあの陣は、魔素を滅ぼすためだけに練り上げられたものなのだろうか。

「おい、どうしたドロッセル！」

「!?」

いつの間にか辺りには悲鳴や怒号が飛び交っていた。我に返った途端、切迫した空気を肌に感じる。

ルーカスが目の前にいた。険しい表情を浮かべ、しかしレティシエルを見る目はどこか心配そうだった。

「ごめんなさい、学園長。ぼんやりしていました」

「それにしてはずいぶん深刻そうだったが……。まぁいい。それより緊急事態だ」

緊急事態。その言葉に、途端に精神が研ぎ澄まされていく。

「何がありました？」

「ラピスが国を開いて侵攻してきたらしい。スフィリア戦争以来だ」

思わず目を見開いた。そういえば先ほど、喧騒《けんそう》に紛れて『開国』といったようなニュアンスの言葉を聞いたような気がする。

しかしこのタイミングでラピス國《こく》まで長年閉ざしていた国境を開放してくるとは、いったいどういう風の吹き回しなのか。

「プラティナ王国に対する侵略でしょうか？」

「いや、情報によるとイーリスのほうにも流れ込んでるらしい。無差別だな」

「……」

それではまるで、世界そのものへの宣戦布告のようではないか。

ラピス國という国に関する情報は少ない。大昔から国を閉ざし続け、中から人が出ることもなければ、外から人が入ることも叶《かな》わない。

かつてプラティナ王国とスフィリア地方で戦争をしたときでさえ、かの国の内情までは終始知れずじまいだったと聞く。あのときは、おそらく裏にサラの思惑が噛《か》んでいた。では今度の開国は？

「目的については不明でしょうか？」

「あぁ、残念ながらな。ただ連中、おびただしい数の呪術兵を引き連れている。詳しい話は続報を待たないといかんが、どうも様子がおかしい個体が多いらしいぞ」

「……？　おかしな個体、といいますと？」

「一様に怒り狂ってるんだとか」

この頃変わった変異をした呪術兵を見る機会も多いせいで、おかしいと言われてもあまりピンと来なくなってしまった。

しかしそれはまた妙な話だ。確かに呪術兵にしてはおかしい。そもそも呪術兵に意思はない。白の結社の連中のような特殊な例をのぞき、呪術兵の素体となる人間の自我は、呪術兵として作り変えられる過程で塗り替えられてしまう。

だからはっきりと感情をあらわにすることもできないはずだ。サラは呪術兵の親で、子に対してある程度コントロールして統制することはできていたけど……。

キィィィィィイエェェェェ!!

黒板をひっかきながら金切り声を上げているような音がビリビリと空気を震わす。ルーカスもそれを聞いていた者たちも揃《そろ》って顔をしかめて耳を塞ぐ。

やっぱり耳を塞ぐ気にはなれないまま、レティシエルは空を再び見上げる。怒りの怒号を放っている例の黒い闇の塊は先ほどよりも倍近くまで膨れ上がり、今もなお巨大化し続けている。

（……もしかして）

何かを思考の端に捉えかけたとき、状況が急激に動いた。

あの黒い闇の登場により一時的に動きが停止していた呪術兵たちが、まるでスイッチを突然切り替えたように暴れ始めた。

ある者は激しく地面を踏みつけ、ある者は近くの別の呪術兵を殴りつけ、ある者は眼から血の涙を流しながら天に向かって雄叫《おたけ》びを上げ、ある者は手にナイフを持ったままむやみやたらに周りを切りつける。

暴れる方法はまちまちだ。だけどそれは、どれも怒り狂っていると評されてしかるべき憤怒の情だった。

「うおっ、なんだこいつら！　急にどうした？」

真横から突進してきた男の呪術兵をかわしながら、未《いま》だ眉間にしわを寄せたままルーカスが耳から手を外す。

「というよりお前、よく平気だな。あんな嫌な音が鳴っていたというのに」

「どうしてでしょうね。あまり嫌とも思えないもので」

「タフな耳をしてやがる……」

突進を回避された呪術兵は、自分のスピードにつんのめって地面を転がる前に、猫のようなしなやかさを発揮してくるりとこちらに向き直っていた。

もう一度来る。身構えているとその呪術兵は空に向かって吠《ほ》えた。狼《おおかみ》の遠吠えのような、およそ人間の声帯から出るとは思えない咆哮《ほうこう》だ。

するとどうだろう。それが合図となったのか、あちこちから同じ声が聞こえ出した。ルクレツィア学園を襲っていた呪術兵の数は相当だ。それらが一斉に吠えたとなればかなりの不協和音だ。重く腹に響く。

怪物の声には不快さを覚えなかったが、これにはレティシエルもとっさに耳を塞いでいた。

(一応、音に対していやとは思えているのね)

やっぱりレティシエルの感性が狂っているわけではないらしい。あの怪物の声をなんとも思わないことは、別に何か理由がありそうだ。

「ヴァァ……アァ」

「グルルゥ……」

遠吠えの不協和音が止《や》んだとき、呪術兵たちの様子は明らかに以前とは異なるものになっていた。

元より爛々と輝いていた赤い眼はさらに強い光を放ち、絶えず赤い涙があふれ続けている、異様とも言える光景。

それまでは連帯行動とはおよそ程遠い動きをしていた者たちが、まるで何かの意思を表出するように憤怒を丸出しにして襲い掛かってくる。

「くそ！　なんだっていうんだ、急に」

「今は戦いましょう、学園長。細かいことはあとです」

「あぁ！」

その豹変《ひょうへん》っぷりにはレティシエルも驚きを禁じ得ない。しかし敵が動き出した以上、迎撃にでなければ。

義手に術式をまとわせ、ルーカスが先に飛び出していく。レティシエルは自分の手のひらをかざし、身体強化魔術の術式を展開してみる。

（……まだ、使えるわね）

念のための確認だったが、相変わらず無と光属性の魔術はある程度生き残っているとみて問題ないだろう。

ただ威力は確実に下がっているから、無茶な戦い方は避けるようにしよう。そう肝に銘じてから剣をとる。白兵戦か……。周囲の状況に常に目を配っておこう。

基礎魔法《ベーシック・スペル》の炎魔術を剣に付与させる。単体では攻撃手段として通用しなくなった魔術も、この微弱な威力がかえって武器との併用に耐え得るようになった、というのは何とも皮肉な話だ。

物を媒介させて補助的に活用するこの方法も、まだ実戦で使えるレベルのようだ。ならばレティシエルも、まだ戦える。

「ガアァァァ！」

掴《つか》みかかろうと腕を振り回して突っ込んでくる呪術兵の攻撃をかわし、すれ違いざま逆《ぎゃく》袈裟《けさぎ》斬りに斬り上げる。

血しぶきが宙を舞い、断末魔の叫びを上げて呪術兵がくずおれる。呪術兵は痛みを感じない。動きを封じるには手足を斬るか命そのものを奪うほかない。

その首に刃を突き立てることに迷いはなかった。もがいていた呪術兵の動きが完全に止まる。

前を見れば未だに呪術兵の大群が学園へと迫っている。慈悲など、このときにおいては余計だ。剣を抜き、次の敵に向かう。

魔術でまとめて倒すよりは確かに手間だが、立ち回りさえ気をつければ小回りはこちらのほうが利く。

「くそっ、こいつらさっきより手強《てごわ》くなったように感じるのは気のせいか？」

とんと誰かの背中を背後に感じた。苛立《いらだ》たしげにそう吐き捨てているのはルーカスの声だった。

そうなのだろうか。呪術兵と肉体的にぶつかった経験はレティシエルには少ないので、ルーカスのその言葉にはあまりピンとこなかった。

「学園長、大丈夫ですか？」

「一応はな。連中、怒りで我を忘れてるせいか、攻撃に激しさが増してる。あの報告の内

容はこういうことを指してたんだろうな」

それだけ言い置いてルーカスは戦いの中に飛び込んでいく。

あの報告、とルーカスが言っていたのはおそらく辺境からもたらされた、ラピス國開国に関する一件。確かに先ほど話題に上っていた。妙に怒り狂っている呪術兵らがラピスからプラティナやイーリスに押し寄せていると。

(彼らは、何に対してこんなに怒っているのかしら)

自我がないはずの彼らが自分の意思でそう思っているのかは知らないが、怒るということはそれを向ける対象があるはずだ。人にしろ出来事にしろ。

しかしそれは、レティシエルたちの反撃に対して発揮されているわけではなさそうだった。現にこちらがいくら敵を切り伏せようと、呪術兵たちの怒りのボルテージはさして変化していない。

また、あの耳を裂くような鳴き声。

遠くに見えている黒い怪物が再び吠えている。それに合わせるように、呪術兵たちの雄叫びも折り重なって轟音《ごうおん》へと化していく。

「……？」

そのタイミングの良さに違和感を覚えた。そういえばあの怪物が出現してから、その鳴き声に呪術兵たちはずっと反応し続けてはいなかったか。

今では大陸ごと見下ろせるほど高く大きく成長している怪物を見上げる。いつの間にか体には黒い霧の手のようなものを何本もまとわせ、手当たり次第にあたりに振り下ろして回っている。

あれは怒っている。何かに対して猛烈な怒りを感じている。それは今目の前で憤怒を顕《あら》わにしている呪術兵たちと同じ状況ではないか。

(もしかして、あの黒い闇の怪物に共鳴している……？)

怪物の怒りを感じ取って、呪術兵たちも一緒になって怒っている。可能性としてあり得ない話ではないだろう。

だとすると本格的に、あの黒い怪物はなんなのだろう。呪術兵たちが共鳴するのだから、同じ力を源とする共同体、あるいは親玉のような立ち位置にあるのかもしれない。

剣にまとわせていた炎が呪術兵の衣類を焼き、火にまかれたまま絶命する。その隙をついて背後から迫ろうとしていたもう一体に突きの一撃を叩《たた》き込む。

「うおおお！」

呪術兵の声に紛れて聞こえるこの声は……ロシュフォードのようだ。

相変わらず拳を駆使して肉弾戦を仕掛けているらしい。彼も呪術的な身体強化を受けているせいか、呪術兵相手に一切後れを取っている様子がない。

「うっ……」

しかしその戦いぶりにはどこか不安定さが残る。

視界の先で呪術兵を一体殴り飛ばしたあと、額を押さえてふらつくロシュフォードの姿を捉えた。

レティシエルはとっさに駆け寄った。道中の呪術兵らを切り伏せ、倒れる寸前だった腕を掴む。土気色の顔が上を向く。

「ド、ドロッセル嬢。すまない」

「いいえ。お加減が優れませんか?」

「そんなことはない。まだやれるはずだ、俺は」

勢いよく首を振ってロシュフォードが再度立ち上がる。無理をしているように見えるが、彼の存在が大きな戦力となっているのもまた事実。

「……ロシュフォード様」

「ん? なんだい?」

「少し失礼」

呼び止めると不思議そうな顔でロシュフォードが振り返る。

その額に手をかざし、レティシエルは浄化魔術を発動させた。この状況下で体調不良となる原因は限られる。

ロシュフォードには傷を負っている気配はない。ならば周囲に充満するこの瘴気《しょうき》に毒されていると考えて差し支えないだろう。

レティシエルの手から光があふれ、ロシュフォードの全身を包む。その光は陽炎《かげろう》のように一瞬だけ揺らぎ、ぱっと膜が弾《はじ》けるように消えていった。

「念のため瘴気を浄化させていただきました。いくらかマシになるかと」

「……本当だな。ありがとう、ドロッセル嬢！　この恩はいずれ！」

「いえ、恩とかは別に……」

「よしかかってこい！」

元気を取り戻したことでロシュフォードはまた猪突猛進《ちょとつもうしん》に呪術兵の軍団に殴り込みをかけに行った。

（……聞いていないわね）

必要ありません、まで言わせてもらえなかったので、レティシエルもとっとと敵退治に戻ることにする。

（しかし、これはかなりの持久戦ね……）

敵の数は一向に衰えを見せない。向かってくる者をとりあえず片っ端から倒しているうちに周囲の空気が悪くなっているような感覚が増してきた。

周りの敵が一時的に減ったタイミングを見計らい、戦場の様子を確認する。

特段、大きな変化がある様子はない。しかし空気中に漂う黒い霧のようなものが明らかに濃度を増していた。

それは地面を這《は》うようにゆっくりと近づいてきて、味方や敵が動くたびその風に巻き上げられる形で空中へと分散していく。

「……」

まさか、瘴気だろうか。ついさっきもロシュフォードが瘴気に冒されていた。

呪術の影響を受けている彼は人より早く被害を被るとはいえ、瘴気は一般の人間にも悪影響を及ぼす。

「ウガァァァ」

大きく跳躍し、鋭い爪をこちらに突き立てようとする呪術兵が目の前に躍り出る。

その首筋に狙いを定め、攻撃が届く前に仕掛ける。腕と剣ではこちらのほうがリーチが長い。顔の近くまで迫った爪は、持ち主が首を刺し貫かれたことにより動きを止めた。

そのまま剣を振り抜くと、呪術兵の骸《むくろ》がごろりと地面に転がった。白目がなく赤く輝いていた瞳は色を失い、白濁していく。

「……！」

見慣れた光景から視線を外そうとして、骸に異変が起きていることをレティシエルは見つけた。

慌てて振り返った先で、倒したばかりの呪術兵の体が黒い霧に呑《の》み込まれていくのが見えた。空中を満たしている、あの黒い霧。

それは侵蝕《しんしょく》するように骸全体を覆い、次の瞬間、骸が溶けた。黒いすすのようなものに変わったのだ。

「これは……」

初めて目にする状況だった。人の形を失って黒い物質となった骸を、黒い霧がそのまま取り込んでいく。呪術兵を分解して、霧の一部としている。

怪物と呪術兵たちは同じ力を源にしているかもしれない、と推測した矢先だ。推測にすぎなかった仮説が急速に現実味を帯びてくる。

呪術兵を吸収しても、黒い霧に具体的な変化は見受けられない。濃度が濃くなったり、瘴気の強さが増している様子も、今のところはまだなさそうだ。しかしこのまま吸収し続けていったらどうなるかわからない。

(……燃やすべきかしら)

それよりは霧に取り込まれるスピードのほうが圧倒的に速そうだ。

魔術が問題なく使えていれば、一瞬で灰にすることもできただろうに……。なんて、過ぎたことを考えても仕方がない。

レティシエルは剣に付与した術式を強化し直し、再び武器を構える。敵は倒し続けることにした。

死体が霧に取り込まれ、それが瘴気を強化することになっても、今も厄災のように押し寄せ続けている敵の大群を不殺の理論で足止めすることなど不可能に近い。それではこちらが壊滅する。

歯がゆさは拭えないけど、今はそれしか取れる手段がなさそうだった。今しがた絶命させた敵が黒い霧の中に溶けていくのを横目に戦いの場を駆ける。

目の前の敵勢を少しでも減らす。味方側にできる抵抗はその程度しか残っていない。

時間の経過がわからない。時計がないのだから当然だろう。

途中からすっかり数えることを諦めた、もう何十体目になるかもわからない呪術兵の骸を地面に転がす。

レティシエルは頬に付着した返り血を拭い、周囲を見回す。

相変わらず視界に入るのは敵の姿ばかり。これだけ倒し続けているというのに、こちらに攻め寄る呪術兵の数が減っている気がしない。

（人間を素体にしている以上、上限はあるはずなのだけど……）

その瞬間が来るまでは粘るほかないとわかってはいても、終わりが見えない戦いは続ける側の戦意も体力も削《そ》ぐ。

身体強化魔術を併用しているレティシエルや、戦場で戦い慣れたルーカス、呪術の影響下にあるせいか未《いま》だ元気が衰えないロシュフォード。

このあたりを除けば他の兵たちはあからさまに疲弊し始めていた。前衛と後衛に隊を分散して疲労を軽減する試みはされているものの、こうも長期戦となるとそれも焼け石に水でしかない。

呪術兵たちの死体は周囲を漂う黒い霧が絶えず取り込んでいるため、それで足の踏み場がなくなるようなことがないのが幸いか。

（いや、それで何かが強化されている可能性があることを考えると、まったく幸いではないわね……）

仲間を取り込み続ける黒い霧も、はるか遠くに鎮座し続ける、あの黒く巨大な怪物も、今のところ動きはなかった。

不気味なくらいの静寂。あまりに敵の動向が何も変化しない。何かの前触れな気がしてならない。

「何が起こるかわからない。警戒を怠るなよ」

「……そうですね」

ルーカスも他の者たちも、戦闘の途中で霧が死体を取り込むことには気づいていた。その上で戦いを続ける選択をした。選べる道が他にないことを知っているから。

「う、うわぁぁぁ！」

突然、味方の兵士の一人が悲鳴を上げた。

振り向くとそこには剣を持ったまま両腕をばたつかせ、喉を押さえて恐怖に染まった表情を浮かべた者がいる。

何せ剣を持っているからうかつに近寄れもせず、周囲にいる別の兵士たちはただ傍観することしかできないようだった。

「な、なんだ、おまえは！　やめろ、は、入って来るな！　わぁああ！」

死に物狂いで、何かを振り払おうとするように手を振り回していた兵士が、がくんと糸が切れた操り人形みたいに動きを止めた。

一瞬だけ沈黙が訪れる。止まった兵士が再び顔を上げる。ゆっくりと、いっそスローモーションのように思われながら覗《のぞ》いた瞳は、完全に真っ赤に染まっていた。

それはここを進攻しようと迫ってくる、呪術兵とまったく同じものだった。

「何事ですか⁉」

「わからん！　急に喉を押さえて苦しみ出したと思ったらこれだ！」

赤い目に変わった兵士が急に隣にいた同僚に切りかかる。その場はあっという間に混乱に満ちた。

「……まさか、強制的に呪術兵に作り替えられた……？」

「はぁ？　そんな芸当、あり得るのか？」

ついに来てしまった。

とっさにレティシエルはそう思っていた。

人が瘴気の中に長くとどまり続ければ、その時間が延びれば延びるほど人体に侵食が蓄積していく。

まずいと理解しながらも、身を守るために取ることができなかった行動。呪術兵を殺さずに無力化すること。

それによって蓄積された負の影響がとうとう日の目を見た。

「……」

たとえ自分で自分の首を絞めるような結果になったとしても、今さら引き返すことなどできるはずもなかった。

すっかり眼《め》を紅《あか》く光らせ、つい先ほどまで味方だった兵士が剣を振り回して隣に立つ兵士に襲い掛かる。

直前まで共に戦っていた仲間に牙をむかれたことが、こちら側にさらなる混乱を招いたことは言うまでもない。

「ほんとうにめちゃくちゃだな。なんでもありか？　この野郎！」

ルーカスは呪術兵や黒い霧に対して半ば八つ当たりのような捨て台詞《ぜりふ》を吐いている。

落ち着こう。ここで焦って平静さを失っては元も子もない。あの兵士、瘴気に冒されてからまだ時が浅い。早急な対応をすれば、間に合う可能性もあるのではないか。

実践してみなければ机上の空論だ。今もなお雄叫《おたけ》びを上げている王国兵に狙いを定め、一段と効力を強化したうえで浄化魔術を発動させる。

手のひらを中心に空中に描き出される幾何学模様の魔法陣。そこから光線のようなものがほとばしり、まっすぐ兵士の体を射貫《いぬ》く。

「ぐあぁぁ！」

悲鳴がとどろく。白い光はヘビのように対象の体に巻き付き、比例して黒い湯気のようなものが立ち上る。

浄化の術式に弾かれて、黒い霧が体内から押し出されている。やはり効果は認められているようだ。

そのまま、レティシエルは術式を発動させ続ける。白と黒のせめぎ合いがしばらく続き、やがて白のほうが勝つ。

黒い霧の瘴気《しょうき》が完全に霧散し、暴れていた兵士は白目をむいて泡を吹きながら倒れていく。瘴気に冒されていたことによる一時的なショックによるもので、命に別条はなさそうだった。

（なるほど、汚染の初期段階であればまだ戻せるのね……）

これで浄化魔術が有効的であることが確認できた。ならば取れる手段はおのずと絞られてくる。

「学園長、お手を拝借」

「ん？　なんだ？　うおっ」

差し出されたルーカスの手に自身の手のひらをかざす。そこから展開されるのは当然のことながら浄化魔術。

「術式を付与しました。これで多少瘴気に対抗しやすいかと」

「あぁ、そうか、そういえば物体に付与できるって話だったよな、魔術は」

身を包む衣類や防具、それから武器に各々術式を付与した。全体ではなく、小規模の術式で複数展開させている。

ひとまとめにしても問題はなかったけど、魔術の威力が低減している現状、術式を大きくするとかえって効力が分散してしまう危険性がある。

何より日常的に魔術に親しんできた魔力無しのレティシエルと違い、ここにいる人間のほとんどは魔力を持っている。

あまり強すぎる魔導術式はかえって毒だろう。魔素と魔力は水と油。その点に関してはどこまでいっても不動だ。

「みなさんの装備品に浄化魔術を付与いたします。これで瘴気の脅威も、多少は和らぐはずです」

それでも浄化の予防線を張ったのだから、これで瘴気の侵食を少しでも遅らせることが可能になるだろう。

ルーカスの義手にも付与しようかと思っていたけど、あれはルーカス自身の魔力を消費している代物だからやめた。

「ただ完全に食い止められるとは保証できないので、己の体調には気を配ってください。不調があれば私が治療しましょう」

「いいのか？　お前の負担が格段に増えることになるぞ」

「……そうですね。でもきっとお互い様でしょう。戦闘の面では、学園長たちを頼りにすることが増えるでしょうから」

浄化治療のために割かれる時間が増加するとなると、必然的にレティシエルが前線に出られる時間が減ることを意味している。当然その穴を埋めるのはルーカスたちだ。

「なのでお気になさらず。多少の無茶は負担のうちに入りませんもの」

「……まぁ、他に方法もないらしいからな」

明らかに心配というか腑《ふ》に落ちてなさそうな表情を浮かべるルーカスだが、異を唱えることはなかった。これしか最善策がないことをルーカス自身も理解しているのだろう。

方針が決まればすぐに全員が行動に移った。敵はこちらの事情など待ってくれない。兵たちに号令をかけてルーカスが先陣を切っていく。

懸念していた通り、レティシエルが戦いの場に出られる時間は目に見えて減った。

武器を手に呪術兵たちと対峙《たいじ》する者たち全ての装備品に術式を付与する作業、それから侵食の前兆で後方まで引いてきた者たちの浄化。

休む暇もなしとはまさにこういうことを言うのだろう。今のところレティシエル自身の体も問題なく、一人でもなんとか回していけている。

治療して浄化して付与して、送り出してさらに治療して……。為《な》すべきことを無心にこなし続ける。

一人、二人……五人、と治療する人数が増えていくにつれ、作業に慣れてきたのか魔術の威力も安定してきた気がする。この調子なら誰も呪術兵に変異させてしまう恐れもなくなるはず――……。

「……ん？」

そんな分析を心の中でしながら、同時にそれが矛盾していることに気づいた。

魔素が消滅し、魔術の弱体化が進む一方の今の世界で、どうして逆に魔術が安定などするのだろうか。明らかに状況と逆行している。

思わず自分の手のひらをまじまじと見つめる。いや、見つめたところで何も変わりやしないのだけど、ますます光と無属性の魔術の謎が深まる。

（この二つの属性だけ、魔素の流入ルートが違っているのかしら）

まるで世界の現状にさほど影響を受けていないような様子だが……。

しかも心なしか、あの巨大な怪物が復活して以降、浄化魔術を使えば使うほど威力が微弱ながら上昇している気さえする。

(本当に、この世界でいったい何が起きているのやら……)

いい加減、誰か答え合わせの一つや二つくらいしてくれないものかしら。

わからないことが多すぎて、世界から蚊帳の外に放り出されているような気さえしてしまう。一つため息をこぼし、目の前の仕事に意識を戻す。

太陽もなく時計もなく、時間を把握しようのない状況下でどのくらいこの持久戦が続いたのかは定かではない。

しかし現状の対応にかかりっきりになっているうちに、呪術兵たちの攻撃が少しずつ、だけど確実に落ち着き始めていた。

浄化が一段落したところでレティシエルは手を止める。戦場の様子を観察するとあれだけ密集してうごめいていた呪術兵が、おそらく半分程度まで減っている。

「……多少は減ってきたか」

額をつたった汗をぬぐいながらルーカスもまったく同じことを考えていたらしい。その横顔は少し安堵《あんど》しているようだ。

レティシエルが予測していたことは、あながち間違いではなかったのかもしれない。呪術兵とて元は人間。人の数に限りがある以上無限に存在するわけではないはず……。

ようやく敵側に隙らしい隙が生まれた以上、それを見逃すわけにはいかない。レティシエルは立ち上がり、ルーカスと話しに行く。

「今のうちに態勢を立てなおしたほうが良いですね」

「そうだな。連中がまたいつ新手を追加してくるのかもわからないから──……」

そうルーカスが言い終わるか言い終わらないかのタイミングだった。突然、呪術兵たちが一斉に動きを止めた。

「……？」

あまりに不自然なその動きに、レティシエルは思わず怪訝《けげん》な表情を浮かべて彼らの様子に目を向ける。

その場からピクリとも動かなくなった呪術兵たち。しばらくその得体の知れない状態が続く。いったいこれから何が起こるのか。

じっと目を凝らしていると、異変は一瞬でやってきた。

両手で自分たちの顔をかきむしり始めたのだ。

「な、なんだぁ？　あれは……」

突然自傷行為を始める敵勢に、ルーカスも困惑を隠せないようだった。

顔を血だらけにした呪術兵たちに、黒い霧が忍び寄る。足元から上っていくようにじわじわと全身を黒く染めていき、最後には赤く光る眼さえ黒で塗りつぶした。

真っ黒な塊となって数秒の間、不動で沈黙する。しかしすぐにそれはグネグネとまるで軟体動物のように形を変え始め、人としての形状が崩れ始める。

それは四足歩行の狼《おおかみ》のような姿に変わっていく。黒い霧状の物質で肉体を構成した、呪われた獣。漆黒の中に切れ目が二本走り、白目まで赤く染まった目がのぞく。

まさか、また黒い霧が力を強めたのだろうか。周囲を確認すると同じ現象はあちこちで同時に起きている。

人間の肉体をしていたはずの呪術兵が、黒い霧に呑《の》まれ、呪われた獣へ転身していく。形状は狼に限らないようで、多様な動物の姿形をとっていた。

「これって……」

それはレティシエルにとって見覚えのある光景だった。ノクテット山でもこのような獣を相手に戦ったし、何よりずっとずっと前に同じものと出会っている。

かつてルクレツィア学園で、ロシュフォードが解き放った魔女殺しの聖剣。あの聖遺物を解放したのち、瘴気をまとった怪物のようなものと戦った。

（……あれに、近しい存在だわ）

瘴気が実体化したもの。そう思ったのは直感に近かったけど、なぜか間違いないと確信が持てた。

だとしたら、状況は一気に悪くなるだろう。

これまでは肉体を持っていた呪術兵たちが実体を失ったのだ。つまり物理的な攻撃が有効打を与えられなくなってくる。

物理攻撃が通用しなくなるなら、魔法で戦うしかない。しかし魔法は貧弱な力。これだけの数の敵を相手に戦えるとは思えない。

「おい、怪我《けが》をしている者の退避を急げ！　それから魔法が使える奴《やつ》は戦いに備えろ！」

「は、はい！」

ルーカスが兵士たちに指示を飛ばしている声をどこか遠くに聞きながら、レティシエルは黒い霧の獣たちを凝視したまま考え続けていた。

どうする？

対抗手段となり得ていた魔術は、今のままでは奴らに大打撃を打ち込めるような威力は保証されていない。

どうすればいい？

かといってここで撤退を選んだとしても、背後の学園本館や別館に残されている者まで危険にさらす羽目になってしまう。

どうすれば、みなを助けられる？

進むこともできなければ、戻ることもできない。答えが出ない中で、焦燥だけがあざ笑うようにつのっていく。

ここでも脳裏をよぎるのは、あのとき発動した謎の力。

メイが瘴気《しょうき》に冒され、暴走していたとき、彼女を浄化して治療した、レティシエルにも身に覚えのないあの力。

だけど発動できたのはあの時の一回だけ。それ以来、使おうにも片鱗《へんりん》さえ使いこなすことができなかった。

レティシエルがあれを制御できていれば、この状況にも迅速に対応できただろうか……。

――君ならできるよ
頭の中で声が聞こえた。

聞き覚えがあるような、ないような、女の子の声。

視線を上げると、先ほどまでなんともなかった視界のふちに白い光が舞っている。いったいこれはどういう状態なのか。

わからない。わからないけど、多分、大丈夫。

誰かの気配を背中に感じる。振り向こうとはなぜか思わない。背中を押されている。無条件に心が安心していた。

それから、自分が何をどうしていたのか、レティシエルにははっきりとした記憶は残らなかった。

我に返って真っ先に飛び込んできたのは、強烈な光を放つ自分の両手。前方に掲げたその手の先に巨大な魔法陣が広がり、あたりから一切の闇を消し去っている。

乳白色の半透明な結界が、ルクレツィア学園全体を包むように漆黒の空を覆い隠す。

途端に周囲に光とぬくもりがあふれ、まるで最初からなかったかのように瘴気が消滅する。浄化の術式。それだけは頭の片隅で理解した。

「……」

それを張ったのが他ならぬ自分であることに、レティシエルはしばらくの間気づくことができなかった。

「……っ」

突如左目を襲った激痛に、意識が完全に現実に引き戻される。とっさに左目を押さえ、レティシエルはバランスを崩して膝をついた。

「ドロッセル！」

ルーカスが駆け寄ってくる足音がする。左目の痛みはまだ去らない。

なぜ、このタイミングで赤い左目が痛むのだろう。今しがた、またしてもレティシエルが無意識に発動させたこの力は、いったいなんなのか。

「どうした？　目に怪我でもしたか？　痛むのなら救護室に行った方がいいぞ」

「いえ、大丈夫です……」

そして一瞬だけ聞こえた、君ならできると背中を押した少女の声。ドロッセル？　それとも別の誰か？

左目を覆ったまま、無事な右目で状況を探る。

味方は全員、レティシエルが張った結界の内側に残っており、敵はその外側に締め出されていた。

数匹、内部に取り残された呪われた獣たちがいたが、あたりに満ちる浄化の力に耐え切れず一瞬で溶けて霧散している。

結界によってレティシエルたちから遮断された霧と獣たちも、赤い眼《め》を光らせてこちらを見つめている。しかし、決して距離を詰めてこようとはしない。

それどころか、連中はじりじりと後退し始めているではないか。

（この結界を……怖がっている？）

そう考えるのが一番妥当な気がする。

浄化の力を恐れているのだろうか。いや、これまでに呪術兵や獣たちが、浄化魔術を恐れているような様子はなかった。ここへ来て急に怖がり出すというのも変な話だ。

（なら、他に何が考えられる……？）

左目の痛みは幾分引いてきた。目を押さえていた手を外し、ルーカスに力を貸してもらいつつレティシエルは立ち上がる。

見た感じ、ルクレツィア学園を覆うこの結界には浄化と治癒の効果しか宿っていないようだ。障壁としての実体性はなく、矢も人も問題なく通れてしまう。

自分で張っておいてなんだが、なぜそんなガバガバな結界を張ったのかは思い出せそうになかった。

だから連中はどうしてもこの光の壁を越えることができない、あるいは越えたくないのではないだろうか。

この結界には、奴らが本能的に恐れている〝何か〟でもあるのだろうか……。

「落ち着いたか」

「お騒がせしました、学園長」

「今さらだからそれは別に構わないが……」

ルーカスの視線の先にあるのは、レティシエルが展開させた例の結界。困ったような呆《あき》れたような、なんとも形容し難い表情を浮かべている。

「またとんでもないものを張ったな」

「そうみたいですね。どうやったのかは覚えていませんけど」

「は？」

怪訝そうなルーカスの声を背に聞きながら結界に歩み寄る。腕を伸ばしてみれば、やはり何の抵抗もなく向こう側へ抜けた。

一歩踏み出してみても通行に問題はない。結界のすぐ外には変わらず黒い霧と大勢の敵に満ちた世界が広がっている。

結界から出てきたレティシエルを出迎えたのは、まるで怯《おび》えるようにとっさに後退《あとずさ》っている敵の群れだった。

「お前をやたら怖がるな」

「急にどうしたのでしょうね」

さっきから何かと急激な変化を敵は見せ続けている。怒ったり変異したり怖がったりと忙しい連中だ。

「アァ……ユ、ル……」

「？」

結界の内側に引き返そうとしたとき、レティシエルの耳にしわがれた老人のような声が届いた。

振り向いてもそこに人の姿はない。あるのは呪われた黒い獣たちの姿だけ。ルーカスを見やってみても、俺じゃないぞ、と言わんばかりに首を横に振られるだけだった。

「ユル、サン……」

今度は明確に、意味のある言葉だ。まさかこの獣たちが人語をしゃべるとは思っていなかった。ゆるさん……許さん。何を許さないのだろう。

「ユルサンゾ……サラ、メ……」

「……え?」

今、確かにサラの名前が聞こえた。間違いない。

声の出所ははっきりしない。だけど怨嗟《えんさ》のこもったその声を聞いた瞬間、頭の中で理屈が通った。

呪術兵たちがずっとあらわにし続けている怒り。レティシエルの予測では、あの巨大な黒い怪物が抱いていると思われる怒り。

(それは、サラに向けたものなのかしら……?)

だとしたら状況がよくわからない。かつてノクテット山の山頂でサラと対峙《たいじ》したとき、レティシエルはその影に確かにあの怪物に似た存在を感知した。

(どうしてこんなときに、サラに対する恨み言が出るのかしら?)

少なくともレティシエルの目には、サラは怪物をよみがえらせようとした張本人にしか見えなかった。

ならばあの怪物にとって、サラは恩人のような存在と言っても過言ではないはずなのだけど……。

「おい、ドロッセル! 何をしている! 急いで戻れ!」

ルーカスが呼ぶ声がする。呼ばれるまま、レティシエルは建物の中へと引き返す。

重い扉が閉ざされる。最後の隙間が閉じ切る直前まで、レティシエルは自身が張った結界越しに黒い怪物の姿を遠目に見つめていた。

二章　宿命の歯車

また、タイミングを摑《つか》み損ねてしまった。

本館内に戻り、扉が閉ざされると途端に戦いの音も敵の声も遠ざかっていく。

閉められた扉に背中を預け、レティシエルは眉間にしわをよせながら自分の手のひらを見つめていた。

また、自分でもよくわからないうちに例の力を使った。案の定、今同じことを再現しようとしてもまったくできそうな気配がない。

「……」

レティシエルは腹立たしげに手を握りしめた。

腹が立っているのは当然自分に対してだ。この妙な力の正体もわからず、使いこなすことさえままならないことが嫌になる。

ルーカスはエントランスホールに入るなり館内待機中だった救護員たちに捕まり、戦況確認や各方面の指示のため彼らと立ち去っていった。

ホールの壁に並ぶ縦長の窓から外の様子をうかがう。純白の結界の外に黒い群れ。それが霧の獣なのか霧の瘴気なのかは判別つかないが、変わらず向こう側から仕掛けてくる様子は見られない。

連中がこの結界を構成する何かを恐れているとして、動かないでいる今は、こちらにとって貴重なチャンスだ。

ポケットの中をさぐり、レティシエルは一本の鍵を取り出した。

それはジャクドーの攻撃に倒れてしまったデイヴィッドに、最期に託された鍵だった。

（この鍵の場所に行けば、何かわかるかしら……）

実は人ではなく、人間と精霊の混血として生まれてきたデイヴィッド。

数百年の歳月を生き、魔術を会得し、ドゥーニクスとともに太陽の魔法陣の完成に尽力していたあの方なら、レティシエルが知らない情報も持っているかもしれない。

本人に直接聞くことはかなわなくなってしまったけど。鍵を握りしめ、レティシエルは歩き出す。

デイヴィッドの研究室は、確か大図書室の中にあるとデイヴィッド自身が教えてくれていたはず。本館を通り抜け、別館に続く渡り廊下を歩く。

誰かを連れて行くつもりはなかった。この非常事態、誰もが己の役目をこなすために必死に動いている。

レティシエルも、自分にできることをしようと決めている。あの謎の力も、あの黒い巨大な怪物も、おそらくレティシエルが向き合わなければいけない問題だ。

だから、その渦中に他の人を巻き込もうという意思はなかった。

「？」

渡り廊下の出口付近まで来て、石柱のアーチにもたれかかる人影を見つけた。

ただでさえ空を覆う雲のせいで薄暗く、壁のランプしか灯《あか》りがない状況でその人物の顔は遠目では確認できない。

一度は足を止めたレティシエルだったが、人影から目を離さないようにしながら再び歩を進めていく。

「よう、ドロシー」

近付くにつれ顔の輪郭ははっきりしてきた。軽い調子でこちらに片手を上げてみせたのは、幼馴染《おさななじみ》でもある第三王子エーデルハルトだった。

「エーデル様、なぜこちらに？」

「なぜって、ドロシーを追いかけてきたからに決まってるだろ」

「……追い越しておいでですけど」

「追いかけた結果だ」

よいしょ、と柱から背中を離し、レティシエルの行く先にエーデルハルトは立ちふさがった。

いや、レティシエルを阻止しようという意図は見えない。そういう表現は不適切か。

「大図書室、行くんだろ？」

「よくわかりましたね」

「ドロシーって意外に行動基準が単純だって気づいたからね。なんとなくわかるぞ、次に何がしたいのか、とか」

「……バカにされています？」

「いやいや、してないしてない。むしろ褒めてる褒めてる」

首と手を両方同時に横に振ってみせるエーデルハルト。妙に本心なのか冗談なのかわかりにくい仕草だ。

「俺も一緒に行く」

「……そう言い出しそうだとは思いましたけど」

エーデルハルトの口から出てきた言葉は、ある意味彼の姿を見つけた瞬間から予想していた通りの一言だった。

飄々《ひょうひょう》とした態度とは裏腹に、この幼馴染はこれまでも一度もレティシエル、もといドロッセルを一人にしようとはしなかったのだから。

「来て、どうされるのです？　これは私の向き合うべき課題であり謎です。エーデル様にできることはないかもしれないのに」

「それは行ってみないとわからないだろ。本当に何もできずとも、一緒に考えることくらいならできるだろうしな」

少しだけ腰をかがめて、エーデルハルトがレティシエルと目線の高さを合わせる。お互いの瞳にランプの灯りが映り込んで揺れる。

「ドロシーは自分の事情を話してくれたことがあっただろ。俺も信じるって決めた。なら共犯みたいなものだ。いいから巻き込めって」

「……」

「それに、俺も案内くらいできると思うけどな。ドロシー、デイヴィッドの研究室の場所とか知らないだろ？」

「……言われてみればそうですね」

「だと思ったよ」

見切り発車で動こうとする傾向があるからな、とエーデルハルトが笑っている。何ゆえそんな猪突猛進《ちょとつもうしん》なイメージを抱かれているのだろう。解せぬ。

「俺のためになるかどうかなんてどうでもいい。俺は自分の意志でドロシーの力になりたいだけなんだからさ。手伝いの手が増えたくらいにでも思っておけばいい」

「……王族なのにそんな気前のいいことをおっしゃるの、エーデル様くらいですね」

「唯一無二だな。いいことじゃないか」

いけしゃあしゃあとそんなことをのたまうエーデルハルトに、レティシエルも思わず苦笑いをこぼしてしまう。

やがてそう歩かないうちに、レティシエルとエーデルハルトは別館の大図書室の扉の前まで来ていた。

当たり前だが、こんな緊急事態時に図書室に来るような者はいない。扉を押し開け、空模様のせいで一段と薄暗い図書室の中に入っても、人の気配もなければ音もしない。

図書室に入ってからは、エーデルハルトが先頭を行き始めた。宣言通り、研究室の場所まで案内してくれるらしい。

「えっと、確かこの辺の二段目あたりに……」

暗いせいでますます迷路じみている無数の本棚の間をくぐり、ある一角に置かれた本棚の前でエーデルハルトは足を止める。

そしてそのまましゃがみ込む。一見すると、周りにある本棚と大差ないように見えるのだけど、何か仕掛けが施されているのだろう。

「……お、あった。これだ」

仕掛けを見つけたらしい。あまりに薄暗いのでエーデルハルトの手元は後ろからではよく見えないけど、ガコンと何かの音が鳴るのが聞こえた。

エーデルハルトが立ち上がり、数歩下がってレティシエルの横に並ぶ。しばらくすると目の前の本棚が小刻みに震え出し、ゴゴゴゴと音をたてて下に沈み始めた。

まさか本棚が床に沈むとは思わず、大丈夫なのかとエーデルハルトに目線を送る。グッと親指をたてられた。

（大丈夫、ということなのね……）

問題ないというのでそのまま見守っていると、完全に床の高さまで沈みきった本棚の奥には真っ黒な四角い穴が空いていた。

壁にぽっかりと空いたその穴からはかすかに風が吹き上げる音がして、覗《のぞ》き込むと下に続いていく階段がある。

「こんなところに隠し通路ですか……」

「最初に見たときは俺も驚いたもんだよなぁ」

どうやらデイヴィッドの研究室というのはこの先にあるもののようだ。

手のひらの上に光球を呼び出し、足元を照らしながら階段を下りていく。光属性の魔術が辛うじて生き残っているおかげで、灯りにはまだ苦労せずに済むらしい。

窓もなく段数も数えていないので、どのくらい深くまで下りてきたのかよくわからなくなってくる。周囲はむき出しの石壁ばかりが続いている。

一番下には何の前触れもなく突然到着した。それ以上、下っていける場所がない平たい床に足がつき、光球を目の前に浮上させるとすぐ先に木製の扉があった。

鉄製の飾りがついた、幾分年季の入った扉だ。託された鍵は、この扉の鍵穴にピタリと合致した。ノブを摑んでひねると、油を注《さ》し損ねた機械のような荒い軋《きし》み音が鳴る。建付けの悪そうな音とともに扉を押し開ける。中も例外なく灯りがなく真っ暗。周辺に視線を巡らせると壁に火の消えたトーチが刺さっているのが見え、術式で召喚した種火で火をつけた。

「！」

途端、あたりの様子がよく見えるようになった。

目に飛び込んできた光景に、レティシエルは目を丸くした。全面を石壁に囲まれた、広い地下空間がそこには広がっていたのだ。

地上の図書室には及ばないものの壁際にはぎっしりと本棚が並び、何やら古めかしい表紙の本が収められている。

一番奥の壁には、聞いていた通りカラフルで巨大な図形が描き出されている。これが太陽の魔法陣の要となっている魔法陣なのだろう。

「デイヴィッドさん、よくこんな場所を用意できましたね」

「どうも大図書室に関しては全権持ってたみたいだからな、その辺は融通が利いてたんじゃないか？　ほら、ルーカス殿もデイヴィッドのことは信頼してたし」

言われてみれば確かにそうだったかもしれない。長い付き合いだと聞いていたし、あの二人の間には絆《きずな》のようなものが感じられた。

壁に描かれた魔法陣に歩み寄り、指先でそっと撫《な》でてみる。かすかにしびれのような感覚が伝わる。これが確かに術式を織り込まれ、未《いま》だ効力を有しているものだということは確認できた。

「……？」

指先から伝わる感触にふと疑問が湧く。

目の前にあるこの魔法陣は、太陽の魔法陣の起動の要となる『中心』。そう聞いた。

しかしその陣が今も生きているということは、太陽の魔法陣はまだ崩壊していないのではないだろうか。

「ドロシー、どうした？」

「……私、太陽の魔法陣は未完成のまま壊されたものだと思っていました」

最後の一ピースを埋めるための術式。敵に破壊されないよう、細切れにしていた術式を物体に刻む。それはメイの中に封じられていたのだと思っていた。

そしてそれは、襲来したミルグレインによって奪われてしまった。それがメイの暴走を引き起こした。

「メイの中に、ドゥーニクスが封印した何かがあると知って、それが最後のドゥーニクスの遺産だと……」

「そうだな。その件に関しては俺もそう判断していたが」

「でも太陽の魔法陣は壊れていません。これだけ大規模な陣であれば、一度完成させてからでないと完全に破壊し尽くすことも難しいはずです。最後の欠片《かけら》を手に入れたのなら、どうして敵はこの陣に干渉してこないのでしょうか？」

「……確かに。あれから結構経《た》つもんな」

太陽の魔法陣は、サラが発動させた北斗七星陣を相殺するために編み出された大陸規模の魔法陣だ。

サラや、あの子が率いている白の結社にとっては目の上のたんこぶのようなものだろう。手段さえあれば今すぐにでも取り除きたいはずなのに、今のところそれらしい動きは見えない。

魔法陣に触れていた手を下ろし、レティシエルは考え込む。隣に立つエーデルハルトも壁の術式をじっと見つめている。

「うーん、太陽の魔法陣の効力を考えたら、連中がこれを野放しにしてるってのもおかしい話だよな」

「そうですよね」

「可能性としてあり得るとしたら、なんだ？　事情があって干渉できないのか、何かのタイミングを計っているのか」

現状の沈黙状態に理由を求めるとしたら、確かにそのあたりの可能性は十分あるだろう。

ありそうだけど、なんとなく腑《ふ》に落ちない。自分たちの利になるかどうか、それを確認もせず、行き当たりばったりにメイを襲う……。

そんな間抜けなミスを、何千人も、自分の人生さえつぎ込んで執念を燃やしてきた、あのサラが犯すとは思えなかった。

「……あるいは見込み違い」

「ん？」

ふと脳内に一つの仮説が浮かんだ。

突然独り言をこぼすレティシエルに、エーデルハルトがこちらを振り返って怪訝《けげん》そうに首を傾《かし》げる。

「結社側の手に渡った何かが、実は魔法陣のパーツではなかったとしたらどうでしょう。筋は通る気がします」

メイの体から抜き出され、結社に渡ってしまった物がドゥーニクスの遺産であるという前提自体、間違っているのではないだろうか。

「太陽の魔法陣に関係のないものであれば、彼らが今になっても陣に干渉してこないのも道理ですもの」

「それはそうだろうけど……。じゃあ、メイを侵食する瘴気《しょうき》を抑えていたのは、また別の何かだったってことか？」

「そういうことになりますね」

そもそも封じ込まれていたものがドゥーニクスの遺産だと判断したのは、完全にレティシエルの独断だ。

その時の情報と照らし合わせた結果というだけで、その封じられているものを見たわけでも、ましてや接触したわけでもない。

(だとしたら、要となるドゥーニクスの最後の遺産はまだ行方不明のまま、ということなのかしら……)

また振り出しに戻ってしまったかもしれない。少しだけ途方に暮れかけたが、そう悪いことでもないかと思い直す。

もし本当に最後のドゥーニクスの遺産がまだ結社の手に渡っていないのであれば、こちらにも勝機は残されている。最後の術式のピースを見つけられれば、太陽の魔法陣を完成させてサラの野望にひびを入れられるかもしれない。

「あの子の中に封印されていたものは、結局のところなんだったのでしょう？」

「……ごめん」

とはいえ謎は相変わらず残ってしまった。レティシエルのこぼした呟《つぶや》きに、エーデルハルトが首を横に振る。

彼にもわからないのだろう。メイの中に〝何か〟が封印されていたことも、彼女が実は死んだと思っていた妹姫であったことも、この戦いの中で知ったばかりなのだから。

太陽の魔法陣の件に関してはいったんここまでにして、レティシエルは改めてデイヴィッドの遺《のこ》した研究室を見て回ることにした。

本棚と、そこに収められた莫大《ばくだい》な書物以外には、おそらく研究用に使われていた机と、壁際に積まれた荷物たちがある。

その木箱の中に保管されている小物たちは、もしかしたら術式の断片を抜き取ったあとのドゥーニクスの遺産なのかもしれない。

それから部屋の片隅に、淡い光を帯びた丸い水晶がビロードの台座の上に丁寧に据え置かれている。よほど大切なものなのか、この一角だけ小綺麗《こぎれい》だ。

「何か気になるものはあったか？」

「いえ、それはまだ。ただ表では見たことも無いような書物ばかりだなと」

デイヴィッドの蔵書のほとんどは古めかしい素材の本だった。よほど古くに作られた本が多いと思われる。

上の大図書室にはレティシエルもさんざん通ったし、国内最大の蔵書量を誇る王立図書館にもよく足を運んでいたものだけど、その二か所では見たことも無いようなタイトルばかりが並んでいた。

精霊の血が半分入ったデイヴィッドは、普通の人間より何倍も長く生きてきた。これらはいつ頃の時代に書かれた書物なのだろう。

「……もしかしたら、禁書の類かもしれないな」

レティシエルの横から本の表紙をのぞき込みながらエーデルハルトがぽつりと呟く。

「何代か前からはめっぽう出されてないけど。国王によっては、特定の本に対して禁書指定令を出すことがあるって聞いたことがあるぜ」

「王にとって都合の良くない情報を隠蔽するためですか」

「まぁ、そうだろうね。その本もそうだけど、ここにあるのは、見た感じ作られて何百年かは経ってるような代物ばっかりだろ？」

ぐるりと室内を見回してからエーデルハルトは視線を戻し、そのまま本棚に並ぶ背表紙を目でなぞっていく。

「盲目王の治世が終わって以降、何代かにわたって相当の数の本が禁書に指定されて葬られたらしい。王家の歴史でもオマケ程度の言及しかないから、細かい実情とかはよくわからんが、時期的には矛盾してない」

「……」

盲目王といえば今の王朝であるアレスター朝をたてた初代国王だが、同時にサラが人工的に生み出した呪術兵でもあることを、レティシエルは知っていた。

その盲目王の時代ののちに、膨大な禁書が生まれる。サラが自分たちにとって都合の悪い事実を根こそぎ消去したとしても不思議ではない。

「エーデル様」

「ん？」

「ここにある本、調べてみてもいいですか？　禁書に指定されたような書物なら、隠蔽しようと思った理由があるはずです」

わざわざ禁書に指定して表の世界から消したということは、当然それはサラにとって人々に知られては都合が悪い情報だからだ。

ならばそういう情報にこそ、今のレティシエルたちの活路を見出《みいだ》せるのではないか。対策らしい対策も取れない現状を、打破するきっかけになるかもしれない。

「おう。俺も手伝うよ」

いっさい迷うそぶりも見せず、エーデルハルトは頷《うなず》いた。一つ頷き、なぜか得意げにニヤリと笑ってみせる。

「一人より二人のほうがよかっただろ？　こういうときはさ」

「……ふふ」

先ほど渡り廊下で交わした会話を引き合いに出している。

そのことに気付いてレティシエルも思わず笑ってしまった。

＊＊＊

なかなか骨の折れる作業だった。

デイヴィッドが遺していった書物はかなりの量で、早々にレティシエルはエーデルハルトが一緒に来てくれたことに感謝していた。

この量を一人で読むとなると、一日では確実に済まないだろう。記憶力は補助魔術でカバーするにしても、だ。

瞬間記憶の術式は無属性魔術だから、これがなかったらこんな無謀な作戦を決行する気にもならなかったに違いない。

地下研究室へ通じる扉が開き、エーデルハルトが部屋に入ってくる。つい先ほどまで、表の状況や自陣の体制を確認するため本館のほうに戻っていたところだ。

「いかがでした？」

「呪術兵どもには相変わらず動きはないらしい。あの結界が効いてるみたいだな。おかげでこっちも立て直しができそうだ」

机を挟んで正面に腰を下ろすエーデルハルト。敵がまだ大人しくしてくれていることには、レティシエルも安堵《あんど》を覚えた。

あの結界のことは恐れていたから、おそらく呪術兵や呪われた獣たちに効果はあるのだろう。結界の〝何〟を恐れているのかわからないことが腑に落ちないが、今はまだ足止めしていてくれると助かる。もうしばらく、猶予がほしい。

その間に、少しでも事態の打開につながりそうな情報や手がかりを、レティシエルも見つけたい。

「で、なんか見つかったか？」

「瘴気のことについて、いくつか」

前のめりになって話を聞こうとするエーデルハルトに、レティシエルは今読みかけていた本をひっくり返し、エーデルハルトにも見やすいよう机の中央に置く。

「呪術に使われているエネルギーの源は、やっぱり瘴気を構成している物質と共通しているみたいです。燃料を拝借しているといいますか」

「上位互換って書いてあるな。呪術よりも瘴気のほうが偉いってことか」

デイヴィッドは瘴気や呪術の研究をかなり長年続けてきたようで、本棚の書物はその膨大な試行錯誤の記録といっても過言ではなかった。

もちろん精霊から得た情報などで知っている項目もあったが、そうでない情報のほうが圧倒的に多かった。

「そうみたいですね。それで親戚関係にある呪術と瘴気では、強すぎる瘴気にさらされた呪術が取り込まれる現象が不可逆的に起こるのだとか」

「瘴気に侵食された呪術兵が変異したのはそういう理由か……」

「あと、ここの記述も気になります」

ある一か所の文章をレティシエルは指差す。この本を読んでいたときから、ずっと引っ掛かっていた箇所だった。

「『魔素が精霊によって生み出されているものであるのと同じように、瘴気もまたそれを生み出す源の存在があり、瘴気に侵食されたものは全てヤツの意のままとなる。瘴気とは、いわばヤツの吐く毒の息のようなものである』……」

レティシエルの指先を追い、指し示された一文をエーデルハルトが読みあげる。

「どう思う？」

「あの黒い怪物のことを指しているのではないでしょうか。あれが現れてから、呪術兵たちの動きが明らかに変容しましたもの」

「……やっぱりドロシーもそう思うよな」

机に肘を立てて頬杖《ほおづえ》をつき、エーデルハルトが真剣な表情で考えこむ。

何か、思うことがあるようだ。表情でそれを察し、レティシエルは彼の言葉を待つことにした。しばらくしてエーデルハルトは口を開く。

「呪術兵どもの変異、あれって全部あの怪物の鳴き声と同じタイミングだったからな」

「え？」

さらりと何気なしに発された言葉に、レティシエルは思わずエーデルハルトのほうを振り返った。

「それは本当ですか？」

「こんなときに嘘《うそ》をついたって仕方ないだろ」

詳しい話を聞いてみると、本館内で全体指揮にあたっていたエーデルハルトは、どうやら後方から前線の様子にじっと目を配っていたらしい。

そうしているうちに、例の巨大な怪物が咆哮《ほうこう》を上げると、決まって呪術兵たちの動きが変化したり、レティシエルも目撃したような呪術兵の性質の変容が起こることに気づいたのだという。

「だから思ったのさ、あれって指示みたいなものなんじゃないかってな」

「指示……配下に、命令を出していた？」

「まぁ、俺たちには怪物の言葉なんかわかりゃしないけどな」

エーデルハルトが肩をすくめる。その推察は、レティシエルにも説得力があるように思えた。

意図的な命令にしろそうでないにしろ、あの鳴き声が呪術兵たちに一定の影響を与えていたことはどうやら間違いないようだ。

「あ、そうだ。こっちもこっちで気になってることがあるんだった」

「そっちは瘴気《しょうき》に関する資料だったけど、こっちは精霊とか神話関連の本が多くてな。そこにやたら似たような単語が出てくるんだ」

「？」

「似たような単語、ですか」

「確か、古《いにしえ》の漆黒、とかだったかな」

「……！」

聞き覚えのある単語だった。レティシエルもまだ耳にして日が浅いが、デイヴィッドとサラ、二人の口から聞いた名前だ。

「その顔、心当たりがあるんだな」

「ええ。敵の親玉の影に潜んでいるものの名前みたいです」

「敵の親玉というと、あのサラとかいうやつか」

「デイヴィッドさんは、その古の漆黒とやらも北斗七星陣の重要なキーだと言っていましたけど――……」

ふとそこでレティシエルは沈黙した。どうした？　とエーデルハルトが首を傾《かし》げているのも気付かず、脳裏で一つの仮説が組み上がっていく。

（突然現れた、あの巨大な怪物……。あれが、古の漆黒ではないのかしら？）

ずっとあれの正体がわからなかったけど、もしかしたら答えは目の前に転がっていたのかもしれない。

本館に引き上げてくる直前、レティシエルは怪物の咆哮の中で確かに『サラ』の名前を聞いた。サラに対して、怨嗟《えんさ》の声を上げていた。

かつてノクテット山の時計塔跡で、サラの影から覗《のぞ》いていた赤い目の何者かと酷似した気配を、レティシエルは今しがたあの怪物に感じ取ったばかりだ。

さっきはさほど深くは考えなかったが、単純にその二つが同じ存在なのであれば、気配が似ているというのも当然だろう。

(そう考えると、いろいろと辻褄《つじつま》も合うけれど……)

疑問も少なくない。

あの怪物が『古の漆黒』だとすれば、奴《やつ》はサラの影から分離して実体を得たということになる。

仲間割れでもあったのだろうか。このタイミングで『古の漆黒』が復活して世界を瘴気で覆いつくそうとしていることも、怒りの矛先をサラに向けていることも、どこか不穏で先行きを不安に思わせる。

「……」

いったい、サラと『古の漆黒』の間に何があったというのだろう。

そしてレティシエルは、どうして復活した『古の漆黒』を見て、懐かしい、なんて感情を抱いたのだろう。

それに『古の漆黒』が瘴気の源なのだとしたら、レティシエルが放った、あの謎の光の力。奴もこれを恐れていることになる。

この戦いにおいて重要な鍵になることは間違いないのだろうけど、ますますレティシエルは何の力に目覚めたのか……。

「ドロシー。おい、ドロシー！」

エーデルハルトの声にレティシエルは我に返る。

さっきまで椅子に座っていたはずのエーデルハルトが、今はなぜか険しい表情を浮かべて立ち上がっていた。

「エーデル様？」

「あれ」

厳しい横顔のまま、エーデルハルトが部屋の一角を顎でしゃくって示す。

示された方向にレティシエルも目を向けると、そこにはまばゆい光を放つ水晶の姿があった。

「さっき急に光り出したんだ。ドロシー、気をつけろ。何が起こるかわからない」

調べ物を始める前、研究室内の状況を確認していたときに見つけた、例の小綺麗《こぎれい》な水晶玉だ。身構えて光を凝視する。

少しずつ水晶から溢《あふ》れる光は強まっている。しかし部屋を満たす光が増せば増すほど、レティシエルはかえって警戒を解いていった。

その光が、自分の知っている者たちのまとう光とよく似ていることに気づいたのだ。

「……大丈夫ですよ、エーデル様」

「ドロシー？」

「多分、友だちです」

レティシエルの言葉が終わるや否や、光り輝く水晶の中から、二筋の光が勢いよく飛び出してきた。

地上を走る流星のようにその光はくるりと地下研究室内を一周し、やがてレティシエルの前までやってくると人の形を帯び始める。

「ドロッセルお姉ちゃん」

「ドロッセル姉ちゃん！」

王冠とティアラをそれぞれ乗せた白銀の小さな頭が、ぽんとレティシエルの懐に飛び込んでくる。

「ティーナ、ディト」

双子の精霊王がレティシエルの体にぎゅっとしがみついていた。シンクロした動きで顔を上げ、丸い無垢《むく》な瞳でこちらを見上げてくる。

ティーナがよく襟巻代わりに首に巻いていた、守護霊獣キュウの姿は見えない。今日は別行動をしているらしい。

「どうかしたの？　ここにはどうやって？」

「あの水晶を通ってきたの」

「あの門くぐってきたの！」

「門？」

ティーナとディトが出てきてから、水晶は再び光を失って、ただの鉱物に戻っていた。

門とは、あの水晶のことなのかしら。

「おじいちゃんが、通り道として用意してくれていたの」

「何があってもいいように、用意してくれてたんだ！」

おじいちゃん……デイヴィッドのことを言っているのだろう。精霊にとってもデイヴィッドは半分身内のようなものだ。交流があってもおかしくはない。

しかし、どうして通り道が必要だったのだろう。いつものようにどこからでも好きなように現れればいいのに、あえてそうしなかった理由……。

この世界は今、北斗七星陣の起動によって変質している。自由に外界を出歩けない事情があるのかもしれない。

精霊族は自分たちの体内で魔素を生成して外界に放出しているといわれている。魔素を変容させる北斗七星陣の効果を、何も受けていないとは考えられなかった。

「あの北斗七星陣のせい？」

「うん」

「そうだよ」

お互いの手をしっかりと握り合わせたまま、レティシエルから離れたティーナとディトはその場でくるくると回ってみせる。

「だから精霊はみんな眠りについたの」

「眠りについて次の時を待つんだよ」

「次の、時……？」

精霊が恐らく何らかの影響を受けていることは予想できていた。しかしどういうことだろう。

「私たち、自分たちにしかできない役目のために来たわ」

「僕たちね、最後のお務めを果たしに来たんだ」

今、なんでもないようにとんでもない単語を聞いた気がする。

「……待って、ティーナ、ディト。最後のお務めって、どういうこと？」

「そのままよ」

「そのまんま！」

思わず聞き返すレティシエルだったが、双子の精霊王の返事は単純明快なものだった。まるで明日の天気でも語るような軽さだ。

「これが終わったら、僕たちも眠る」

「眠ったら、お姉ちゃんともお別れ」

そう言った瞬間は、ティーナもディトも少し寂しそうにしていたのが妙に脳裏に焼き付いて離れない。

「私たちは精霊」

「僕たちは精霊」

「魔素がなくなったら、生きていけない」

「魔素がなくなっちゃったら、形を維持できない」

形を、維持できない……。それは人の形を保てなくなる、ということなのかしら。

「私たち、体の中で魔素を作ってないの」

「僕たちね、体そのものが魔素なんだ！」

「え……」

それも初めて知った情報だ。

なら精霊とは、魔素が具現化して人の形をとった者たちということだろうか。

この状況で二人が嘘《うそ》を言うとは思わない。この話が本当なら、北斗七星陣の影響を受けるのは当然だ。

あれは魔素を改変し、消滅させる陣。発動してしまっている以上、魔素そのもので身を構築する精霊のたどる行く末は悲劇しかない。

「ドロッセルお姉ちゃん、悲しむことはないで」

「ドロッセル姉ちゃん、悲しむことはないよ」

感情が顔に出てしまっていたのか、ティーナとディトがなぐさめるようにレティシエルの周囲を巡る。滅亡の運命が動き出しているというのに、当の本人たちはやっぱり少しも悲壮感がなかった。

「僕たち、ドロッセル姉ちゃんを捜してたんだ」

「そう。ドロッセルお姉ちゃんを起こしにきたの」

「……起こす？　私を？」

「「うん」」

ティーナとディトが揃《そろ》って首を縦に振った。レティシエルには、起こす、という行動の意味がよくわからない。

言葉の意味をそのままに考えれば、眠っている何かを『起こす』ということなのだろうけど……。

「……」

思い当たるふしが、あるような気がした。急にフラッシュバックした何者かの記憶、突然使えるようになった正体不明の力。

エーデルハルトと目が合う。込み入った事情があることを察しているらしい彼は、先ほどからずっと口を挟まずレティシエルたちの会話を見守っていた。

何も言わないで、エーデルハルトはただかすかに笑って頷《うなず》いてくれる。背中を押してくれているように思えた。

レティシエルもひとつ頷き返し、もう一度ティーナとディトに視線を戻した。

「ティーナ、ディト、教えて。私の中に、何が眠っているの？」

「私たちの神さま」

「僕たちの主《あるじ》さま！」

「……？」

またも予想とは違う答えが返ってくる。なんだかさっきからレティシエルは首をひねってばかりいる気がする。

「あなたたちが精霊の長《おさ》ではないの？」

「長だよ。光属性の精霊の」

「長だよ。無属性の精霊の」

「……精霊王よりも、さらに上位の主様？」

こくこくと双子の精霊王が頷く。どう反応すればいいのかレティシエルは混乱した。

精霊族とは、八つの種族と、各々の種族を統べる精霊王がいる一族とばかり思っていた。それが人間側の常識で、人間の知る精霊の情報全てであった。

「そんな存在がいるなんて、聞いたこともなかったわ」

「神さまはずっと眠っていたから」

「主さまは何万年も眠ってるから！」

「……」

それほど途方もない歳月、世界に姿を見せていないのか……。それは知るすべがあるはずもないなとつい納得しかけてしまう。

「世界の危機に、神さまは目覚めるの」

「世界が危なくないと主さまは起きない」

「じゃあ今は、『古《いにしえ》の漆黒』が復活していることが世界を危機にさらしているのね」

「『古の漆黒』は、神さまにしか倒せないわ」

「『古の漆黒』は太古に主さまが封印した怪物だから」

手をつないだまま宙に浮かび上がったティーナとディトが、お互いの手を取り合って踊るように回る。

光をまといながらフワフワと飛ぶ二人の体から、地下室の壁がうっすらと透けて見えてに宙を回っている。

その間も双子の精霊王はお互いの手をつないだまま、まるでダンスをするように楽しげ

突然幼い声が語り始めた壮大な序章に一瞬、目をまたたかせる。

「混沌より大地が生まれ、空が生まれ、人間が生まれた」

「太古の昔、世界には混沌《こんとん》と暗闇だけがあった」

いた。

「人間は喜びを生んだ」

「同じように悲しみも生んだ」

「その心の脈動が、いつしか混沌の中から怪物を呼び覚ました」

「人間は怪物を恐れて光を願った」

「光が応えて主さまが生まれた」

「神さまは人間を助けて怪物を祓《はら》った」

「力を削《そ》いで核を封じて、世界に散らばった魂の欠片《かけら》は闇の精霊になった」

「私たちは精霊。神さまが眠りにつく前に、自分の代わりに世界に残した分身」

「主さまの眠りを覚まさせないことが、本来の僕たちの使命」

吟遊詩人のように歌い上げられていく創世神話の物語は、誰も聞いたことのない未知の

語りだった。

人が生み出した、人のためだけの神話ではなく、人の介在がまだなかった頃の歴史。そこに悠久の時の流れを感じて、途端に自分がちっぽけな存在に思えてくる。

「だけど神さまは目覚めたわ」

「不完全ながら起きちゃったから」

「不完全？」

「ドロッセルお姉ちゃん、まだ神さまの記憶を思い出せてないでしょ？」

「ドロッセル姉ちゃん、まだ主さまの力を使いこなせてないでしょ？」

「……」

それは、確かだ。なるほど、力を使いこなすこともままならず、やけに中途半端なのは目覚めが完全ではないかららしい。

「神さまの力は、今のままでは使えない」

「主さまの力は、今は存在しない力だから」

現存していない古代の力。なんだか、この時代に来たばかりの頃の魔術のような話だ。

「だからまずは復活させる」

「それから魂を昇華させる」

「復活も昇華も、どうやって？」

「よみがえらせるのが私たちのお仕事」

「そのために、僕たちはここにいる」

両方つないでいた手を片方外し、ティーナとディトは空中から降りてくるとそれぞれレティシエルの両手をとった。

「だから私たちは」

「双子なんだよ」

「?」

思わず首を傾《かし》げた。この子たちが双子であることに、今何の関係があるのだろう。

不思議に思ったのは一瞬のことで、つないだ両手からまばゆい光があふれた。あまりに強い光にとっさに目を細める。

二つの光が、レティシエルの腕をそれぞれ伝って体を包み込んでいく。淡い金色の輝きと、薄い銀色の輝き。光と無。二つの属性の光。

光に引き寄せられるように、レティシエルの体から何かが抜け出て宙に舞う。赤い、二つの石。病床の国王オズバルドから託された、王家に伝わる秘宝。おそらくかつて盲目王の両目を担っていたであろう、赤い瞳の遺物。

レティシエルの体を包んで漂う二つの光が、二つの赤い石に各々吸い込まれている。光を取り込み続ける玉石の赤色が徐々に薄くなっていく。

薄くなった赤を、淡い金と薄い銀が上書きしていく。その光景に、レティシエルは呼吸も忘れてただ茫然《ぼうぜん》と見入っていた。

気付けば全身に光をまとっており、もはやそばにいるはずのティーナとディトの姿も眩《まぶ》しくて見えない。

金と銀の輝きを放つ二つの石が、まばゆい光の中、ゆっくりと磁石のように引き合う。石の表面が、接触する。

途端、あたりに光が弾《はじ》けた。

膨大なエネルギーが流れ込んでくるのを、レティシエルは確かに感じた。今までにないほどの力の奔流。人の手には確実に余るものだというのに、どうしようもなく懐かしい。

あぁ、返ってきた……。

無意識にそう思っていたのは、きっとレティシエルの魂に眠る、精霊の主たる神の内なる歓喜の声なのだろう。

それからほどなく、光の洪水は落ち着いた。赤い石たちは消え、レティシエルの両手にはまだ先ほどの光の残滓《ざんし》がある。

あの石は、触媒となってレティシエルの体に吸収された。その瞬間を見ていなくとも、本能的に理解した。

「勝手に触媒にしちゃってごめんなさい」

「ちょうどいい触媒があったから使っちゃった」

「それは構わないけど……今、何が？」

「『聖属性の復活』」

双子の精霊王が口をそろえる。聖、属性？　聞いたことがない。これが、失われていたという、精霊の主の持つ力なのだろうか。

「神さまは眠りにつくとき、自分の力を二つに分けたの」

「主さまの聖属性の力が、光属性と無属性に分裂したんだ」

「……だから、あなたたちは双子に生まれたのね」

「魂の昇華は、ドロッセルお姉ちゃん次第だよ」

「私次第？」

「思いの強さが覚醒を促す。ドロッセル姉ちゃんの覚悟次第！」

ティーナとディトの姿が一段と薄くなっている。先ほどまでは輪郭がはっきり残っていたのに、今はまるで晴れる寸前の霧のようにぼやけ始めていた。

「そろそろ時間かな」

「そろそろ厳しいかな」

二人も自分たちの状況を自覚しているようで、互いに顔を見合わせ、またレティシエルを見上げる。

消えかかった体のまま双子の精霊王はふわりと浮かび上がり、レティシエルの首にぎゅっと抱きついてくる。

「大好きよ、ドロッセルお姉ちゃん」

「大好きだよ、ドロッセル姉ちゃん」

「いつか、また会おうね」

「そのときは、また遊んでね！」

「……ええ、きっと」

もうほとんど感触を指に感じられなくなっている二人の髪を、レティシエルはそっと撫《な》でる。ティーナもディトも、少しくすぐったそうに身をよじった。

そして水に落ちた砂糖が溶けるように、まるで初めからここに存在しなかったように、ランプに照らされた地下研究室の薄闇に消えていった。

「……おやすみ、ティーナ、ディト」

良い夢を。

ぽつりと呟《つぶや》く。おやすみなさい、と虚空から無邪気な返事が聞こえたような気がした。

先ほど、確かに二人の髪を撫でた自分の手を見つめる。

この魂は、レティシエルのものであり、ドロッセルのものであり、太古までさかのぼると精霊の主《あるじ》であった神のもの。

不思議と、驚きはさほどなかった。まるで最初から魂の底でわかっていたように、当た

り前の事実のようにするりと心は受け止めていた。

(ラピス國《こく》に、行かなくては)

あの地で、おそらく『古の漆黒』は時を待っている。それは直感に似た確信だった。かの国で全ての決着がつくだろう。きっとサラも、行方不明のままのジークも、あの国にいるはず。レティシエルも、逃げるわけにはいかない。

こちらに向けられている視線があった。レティシエルが目を向けると、エーデルハルトの視線が重なる。

「……」

「……」

沈黙が流れる。気まずく思っているわけでもないのに、言おうと思った言葉は声になり切らないまま次々宙に霧散していく。

「ごめんなさい、エーデル様。また、秘密が増えてしまいました」

「……新しい秘密の一つや二つ、今さらだろ?」

結局、お互いの口から出たのは、そんな当たり障りのない世間話のような会話だった。顔を見合わせ、レティシエルとエーデルハルトは苦笑した。

「行くのか」

「はい」

「……そうか」

そうこぼすエーデルハルトの口調は落ち着いていた。彼にはきっとわかっていたのだろう。レティシエルがこの答えと選択をすることを。

「ラピスへは私一人で参ります。瘴気《しょうき》の渦と化しているだろうあの地に、みなを連れて行くのは無謀ですから」

「そう、だな……。この場も、王都も、放り出すわけにはいかないからな」

「エーデル様、この国をお願いいたします。私の友人や大切な人たちを、どうか」

「……あぁ、わかってる。誰一人、欠けさせたりはしない」

その言葉に心に安堵《あんど》が広がる。エーデルハルトは約束をたがえない性分だ。きっと最善を尽くしてくれる。

これで自分も、少しは気がかりを捨てて全力で戦えるだろう。

出立前にルーカスにも話を通しておかないと。そう思って踵《きびす》を返そうとして、ぱっと手をつかまれて引き留められた。

その力が思いのほか強くて、レティシエルはきょとんと振り返る。レティシエルの手をつかんだまま、エーデルハルトがうつむきがちに立ち尽くしていた。

「……エーデル様？　どうされました？」

「……」

尋ねてみても、返事はない。なんとなく、それ以上は聞けなかった。聞いては、いけないような気がした。

「……こういうとき、無性に兄上が羨ましい」

しばらく待ち続けたのち、沈黙を破ってエーデルハルトがポツリとこぼした。今の流れからは、少し突拍子もなく感じるような言葉。

「それは、どちらの兄君で？」

「二番目の方。あの人なら、こういうときでも世界とか国とか、そういう大局を一番に考えられる」

だけどレティシエルは合わせた。つかまれた手を振り払うこともせず、少し震えているその手をただ受け入れる。

「……世界のためだって、情を捨てて君を見送ってやれた」

その一言に、エーデルハルトの感情の全てが集約されていた。

彼はきっと嫌なのだろう。レティシエルをこの場で見送ることが。全てを背負わせるはめになると、わかっているから。

お行儀よく運命だと受け入れようとしたところで、たった一人の人間の価値を、世界と同じ天秤《てんびん》にかけられてしまう。そして迷ってしまう。

レティシエルの知っている、ドロッセルが大事に思っていたエーデルハルトは、そういう人だ。

「ドロシー。俺は正直、君のことも世界のことも、まだ全部は受け止めきれてない。理解できたって、胸を張ることもできない。これは、俺の勝手な願望だ」

顔を上げたエーデルハルトは、いつものような飄々《ひょうひょう》とした笑みを浮かべてはいなかった。こちらを見つめる目は真剣で、まるで神に祈りを捧《ささ》げる敬虔《けいけん》な信徒のようだ。

「俺は……どうしたって大局の味方にはなりきれない。世界のため、なんて理由で納得して、この手を離す自分がどうしても想像できない」

「……」

「だから、多くは望まない。ドロシー、頼む――」

一度、エーデルハルトの声が詰まる。レティシエルの息も止まる。数秒程度の沈黙。永遠にも思えるほど長く感じた。

「死ぬな。生きて帰ってきてくれ」

零《こぼ》れ落ちたのは、あまりにシンプルで切実な願いだった。

ゆっくりとまばたきをする。エーデルハルトの視線がこちらを貫く。レティシエルもまた、目をそらしたりはしない。

「世界と心中するつもりはありませんよ」

一歩距離を詰め、この手をつかんでいたエーデルハルトの手に、もう片方の手を添える。

そのまま強く握りしめる。安心させるように、不安を抱かせないように、握った幼馴染《おさななじみ》の手に自分の額をこつんとつける。

まるで、祈りに応えるように。

「ええ、必ず」

力強い意志を宿した瞳で微笑《ほほえ》むドロッセルを見て、エーデルハルトは泣きそうな気持ちになる。

それほどまでに美しく、幻にさえ思える淡く儚《はかな》い笑みだった。

＊＊＊

時を同じくして、王都ニルヴァーン郊外にあるドロッセルの屋敷では小さな騒ぎが起こっていた。

「ル、ルヴィクさん！」

応接室にいたルヴィクのもとへ、慌ただしい足音とともにニコルが駆け込んでくる。ルヴィクとともにドロッセルに仕えているメイドだ。

「どうしました、ニコル。落ち着いて」

「に、庭で！　庭で、大変なことが……！」

何が起きたのか状況はいまいち見えないが、ただ事でないことは確かだった。

うろたえているニコルをなだめ、ルヴィクは部屋を出る。ドロッセルの暮らすこのこぢんまりとした屋敷は広くない。庭園に直通するテラスはすぐそこだ。

「!?」

一歩外に出て、息を呑《の》んで立ち止まる。

応接室の窓は、庭園が広がっている方角とは反対だった。だから庭で何が起きているのか、知る由もなかった。

「……！　ルヴィクか！」

足音なのか気配なのか、背中を向けていたクラウドが勢いよく振り返る。同じ主人に仕える庭師は、同僚の姿に安堵したような息を漏らす。

「ちょうど呼びに行こうとしてたんだ」

「これは……どういう状態なんだ？」

「それがわからないから困ってる」

真っ暗な空の下、眩《まぶ》しさに目を細めながらクラウドが再び庭に視線を戻す。

太陽さえ暗雲に隠されてしまっているはずなのに、屋敷の庭園には光があふれていた。

真っ白な光が天を衝《つ》き、光の柱を成している。

その不思議な光景をルヴィクは呆然《ぼうぜん》と見つめる。確かにこれは、わけがわからない。今朝方まで何もなかったはずなのに。

「原因は？」

「そこの花壇らしい。眩しすぎて近づけないけどな」

クラウドがあごで示した先には、庭に普遍的に置かれているなんの変哲もない花壇がある。

ちょうど植え替えのタイミングで一つしか植物が植えられていないその花壇が、空を突き破らんばかりの光を放っている。

（あそこは、確か……）

覚えのある花壇だった。そう昔のことではない記憶をたどる。

ドロッセルが、あの花壇に何か植えていた。植物の育て方を知りたいとクラウドに教えを乞うて、種のようなものを世話されていた。

それ以降屋敷の主人は頻繁に家を空けがちになり、謎の種の世話はずっとクラウドが代わりにやっていた。

止《や》みそうにない光に両目をかばう。近づこうとしても、どうしてか足が動かなくなってしまう。まるで近づくことを拒否しているように。

どのくらい時間が経《た》ったか、徐々に光の柱が細くなり、やがて庭園は薄暗さを取り戻していった。

その様子にハッと我に返り、ルヴィクは慌てて花壇に駆け寄る。クラウドが世話をしている例の植物は、空が暗雲に包まれる少し前に発芽したばかりだったはず……。

「……？」

しかし花壇に近づいたルヴィクが見たのは、芽どころか立派に大輪の花を咲かせている見たことも無いような光り輝く植物だった。

「な、なんだこれ……」

クラウドの驚愕《きょうがく》の声を背に聞きながら、ルヴィクもまた困惑していた。

しかし真っ白な花の中心で何かが星のように明滅しているのを見つけ、恐る恐る手を伸ばしてみる。

結晶のように固い物質だった。手袋越しに触れているにもかかわらず、燃えるように熱い。素手だったら火傷《やけど》していたかもしれない。

(明らかに、普通のものではない……)

肝心の花のほうは、結晶が取れた瞬間まるで時間が早送りされたように一瞬で枯れ朽ちて塵《ちり》になってしまった。

「ルヴィク……それ、どうするんだ」

横に並んだクラウドの声も怪訝《けげん》そうな色を含んでいる。

「……」

どうすればいいのだろう。正直ルヴィクにもわからない。ただ一つわかるのは、ドロッセルが育てていた種から、不思議なものが実ったということ。

「……お嬢様のところへ行く」

胸ポケットから取り出した手ぬぐいで結晶を包む。熱さがいくらか和らぐ。

不安がなかったわけではない。だけど真っ先に思ったのは、これをあの方のもとへ届けるべきだろうという、確信に似た直感だった。

お嬢様が持ってこられた不思議な種が、このようなタイミングで急速に花を咲かせて実をつけた。

何か、理由がある気がしてならなかった。

閑章　あなたと出会って

子どもの頃、父が連れてきたあの子はそれまでに出会った誰よりも美人で優秀で、明るくて優しかった。

絵に描いたような優等生。苦労なんて一つも知らないで育っただろう、リジェネローゼ王国のたった一人のお姫様。

今日から姫様もここで魔術を学ぶことになったと、父が言った。よろしくお願いします、と礼儀正しく挨拶するあの子は、所作まで丁寧でまさに王女様だった。

冗談じゃないと思った。ジェルライド王国から命からがら逃げ出し、父も自分もやっと静かな暮らしを手に入れたのに、どうしてまた見ず知らずの王族にそれを壊されないといけないのか。

王族は嫌い。自分たちのことにしか関心がないから。自分たちの利益さえ満たしてしまえば、他人の幸福なんてこれっぽっちも配慮してくれない。

「私は大変な罪を犯してしまった」

それが父の口癖だった。ジェルライド王が身勝手な命令を出すたびに、夜中に書斎で独り、悲しそうに、苦しそうにうつむいている父の姿を知っている。

父の悲しみに気付かず、気付こうともしないで、王はずっと父を傷つけ続けてきた。母が死んだ。父は体を壊した。良心の呵責《かしゃく》に押しつぶされて、生まれ育った家まで手放して国を捨てる羽目になった。

王妃様の頼みだかなんだか知らないけど、絶対に仲良くするものかと思った。父が少し嬉《うれ》しそうなことと、リュートが早々にあの子になついていたことも、面白くない。

その日から、あの子は数日おきにこの家に入り込んでは父から魔術のことを色々と教わるようになった。

あの子とは意図的に顔を合わせないようにした。会っても決して口は利かなかった。あの子は時々こっちを遠慮がちに見てきていたけど、それも無視していた。

招かれざる客なんて、早く勉強に音を上げて逃げてしまえ。そう思っていたのに、あの子はどこにも行かなかった。やっぱり数日おきに家にやってきては父と、リュートも時々交じって魔術の練習に励んでいた。

ますます、面白くなかった。魔術の練習は自分もずっと前からしていたのに、あの子は家に来るたびどんどん強くなっていった。

自分がまだ使えていないような術式もすぐに覚えて使いこなして、そのうち一人でオリジナルの術式まで書けるようになっていた。あたしが父の持っていた本を次々と読破して、寝る間も惜しんで頑張ってもちっとも差は縮まらない。

「姫様は魔術の天才かもしれませんね」

父があの子にそう言っているのを聞いた日、ついに我慢の限界を超えて家じゅうを暴れ回った。

「先生、わたしは大丈夫です。行ってあげてください」

おまけにあの子は、ちょうど父と勉強している最中だったのにそう殊勝に言ってみせるのだからさらに腹が立った。

神様は不公平だ。ほとんど年も変わらないのに、どうして自分とあの子の間にこんなに大きな格差が生まれてしまうのだろう。

魔術の才能に、きれいな容姿、恵まれた出自。これ以上ないほどに恵まれているのに、魔術の勉強も父との時間も、あの子のほうがずっと短いくせに、なんで、あの子ばっかり愛されて……。

一通り暴れて、すっきりした。すっきりした代わりに、魔素酔いを起こして倒れた。父にもリュートにも、さんざん心配された。急に全部が阿呆《あほ》らしくなった。

何をやっているのだろう。結局大事な人たちを傷つけただけじゃないか。父は悲しそうだった。リュートは泣きそうだった。そんな顔を、させたかったわけじゃないのに。

あの子が嫌いと言っている、自分のことが嫌いになりそうだった。自分で勝手に嫉妬して、勝手にあたって傷ついて、馬鹿みたい。

布団にくるまってベッドで丸まっていると部屋のドアがノックされた。返事をしないでいると控えめにドアが開く。今、一番会いたくない顔が恐る恐るのぞいた。

「……なによ。なにしにきたのよ」

ドアの陰から半分だけ顔を出しているあの子。自分から初めて声をかけた。半分、八つ当たりのような言葉だけど。

「……ごめんね。お部屋には入らないわ。でも、どうしても心配で」

そう言ったときのあの子の顔、本当に心配そうだった。関わろうとはしなかったけど、視界の隅ではいつもあの子の姿を追っていた。

あの子は嘘《うそ》がつけないタイプだった。真面目で勤勉で、魔術に対してもいつも愚直で、とり憑《つ》かれたように術式にのめり込むことだって何回もあった。

きっとその性格が、あの子を天才たらしめているのだともわかっていた。どう言い訳したってわかっていたから、なおのこと腹が立つ。

そうして懸命に訓練に励むあの子の表情はいつも楽しそうで、自分はいつもそれを遠目に指をくわえて見ていた。

「なによ、心配って。ほんとうはバカなやつだって笑ってるくせに」

「笑わないよ。わたしのせいなのに、笑ったりしないよ」

わたしのせい、という一言に耳がぴんと立つ。あの子の口から、その言葉が出るとは思っていなかった。

丸まっていたベッドから起き上がる。相変わらず半分しか見えていないあの子の顔は、自分が刺されたみたいに痛そうで苦しそうだった。

「ごめんね。あなたの居場所を、うばうつもりなんてなかったの。でも結果的に、そうなっちゃった。そのことを謝りたくて」

ぽつりと、静かな告白の声が落ちる。

「気づいてた。あなたが、いつもイライラしてたこと。わたしのこと、嫌いなんだろうってこと。気づいてたけど、見えないふり、しちゃってた」

ドアの陰に隠れながら、あの子の目が懺悔《ざんげ》するみたいに閉じられる。

「もうちょっと、あとちょっとって、あなたが傷つくってわかってたのに、この家での時間を、捨てられなかった。あなたのことが、羨ましかったから」

誰が、誰を、羨ましいって？

思わずムッと顔をしかめていた。それは自分のことなのに、あの子の口からそんな感情が出てくる理由がわからなかった。

「なんでよ。どう見てもあんたのほうが恵まれてるわ。困ったことなんていっかいもないでしょ」

「……うん。だから、無性に羨ましいの」

こっちを見てくるあの子の眼差《まなざ》しは、言葉通りとても物欲しそうで、こんなワガママな目をするんだと、衝撃だった。

「お父さまもお母さまも立派で、大好きだけど、あなたたちみたいな家族にはなれないし、好きなときに好きなことができるのも、いいなって思ってた」

「……じゃあ、あんたもそうしなさいよ。お姫様でしょ？　わがままざんまいすればいいじゃない」

「ううん、だめ。わたしは王女だから、この血に応えて、背負わないと」

何を、とまでは、あの子は言わなかった。だけど理解できた。国だ。こんな小さな体に、あの子は国という重石《おもし》をしょい込んでいた。

初めて真っ正面から、あの子の目を見た。吸い込まれそうなほど透明な、黄昏《たそがれ》の色。たくさんの覚悟を秘めた、大人みたいな目。普通の女の子として生きることを、遠い昔に諦めてしまった目だった。まだ、ほんの子供なのに。

神様に愛されたあの子は、誰もが持っていないようなものをたくさんもらった。地位も、容姿も、頭の良さも、魔術の才能も、あの子を形作る全てが、市井育ちの自分には奇跡のように見える。

だけどあの子は、誰もが等しく持っているようなものを、神様に授けてもらえなかった。名もない民草として生まれ、普通に生きて、普通に死んでいく当たり前が、あの子には許されない。

「さっき、暴れてたときのあなたも、すごく気持ちよさそうに見えた。あんな風に気持ちを爆発させたら、なにもかもすっきりするのかなって思っちゃって……」

何それ。こっちはこんなに、あんたに腹を立ててるのに、なんて呑気《のんき》なんだろう。あんたのことで怒っているあたしをうらやむなんて。

あんなに嫌いだと思ってたのに、急に自分と同じ子供に見えてきた。完璧だと思っていたあの子が完璧ではなかったことに、少し胸がスッとした。

なんだ。お互い様じゃないか。お互い、相手の内心なんて考えず、あの子の言葉を借りれば、お互いにないものねだりをしていた。ただそれだけじゃないか。

「ひどいやつで、ごめんね」

まったくだ。本当にひどいやつだと思う。人の気持ちも知らないで。

勝手に投影して嫉妬して、勝手に気分良くなっちゃって。もう一人の自分を見ているようで嫌になる。

いっそのこと、あの子がジェルライド王みたいにとんでもなく嫌味で性格の悪い奴《やつ》だったらよかったのに。そうしたらきっと、心置きなく嫌いになれた。

「……なまえ」

「？」

「あたしのこと、なまえで呼んでもいいわよ。あたしも、ちゃんと呼ぶから」

あの子はしばらくキョトンとしていた。それからゆっくりと口を開き、サラ、と名前を呼んでくる。思ったより、悪い感覚はしなかった。

「あしたからも来なさいよね。今度こそ、あんたに追いついてみせるんだから」

「……？　うん、待ってるね」

その日から、あの子のことを名前で呼ぶようになった。レティちゃん、とそう呼ぶようになった。

三章　精霊の主

ラピス國《こく》。

長年に亘《わた》って国を閉ざし、広大な領土を持つにもかかわらずその実態の一切が謎に包まれた国。

その国の国境をのぞく前線の地へ、レティシエルは己の身一つでやってきた。

あのあと地下研究室を出て、ルーカスと話をしに行った。必ず帰ってこいと何度も念を押され、待ってるぞと最後の瞬間まで言われ続けた。

ミランダレットやヒルメス、ヴェロニカにも挨拶をした。ヒルメスに鬼のように泣かれた件に関しては大変戸惑った。今生の別れではあるまいし！　とミランダレットに小言を言われても一向に泣き止《や》む気配がなかったことにはずいぶん弱った。

クリスタとも話した。あの子は多くは語らなかった。ただ一言、死んだら承知しませんわよ、とだけ啖呵《たんか》を切られた。

それがなんだかとてもクリスタらしくて、思わず笑ってしまって怒らせてしまった。

「……」

目の前にそびえているのは、プラティナ王国とラピス國を隔てる国境線代わりの山脈。

転移魔術は一度行ったことがある場所でないと直接向かえないので、訪れたことがあり、かつラピスとの国境に近い旧フィリアレギス公爵領を経由して向かった。

魔術のほとんどは変わらず無力化されているが、転移魔術は無属性に分類されている術式だ。おかげでこうして活用する術《すべ》が残されている。

聖属性の力を託されてから、光と無属性の魔術に限ってかつてと同じか、あるいはそれ以上の威力を取り戻している。

魔素が失われつつある世界だというのに不思議な話だが、外界の影響はあまり受けていないような気がする。外界を介さず、体の内側から直接力が湧き出ているような感覚だ。

ティーナとディトは、レティシエルの中に精霊の主《あるじ》たる神の魂が眠っていると言った。精霊とは純粋な生物ではなく、魔素が人の形をとって具現化した存在であるとも。

精霊の力が己の身を削って発現するものなのであれば、精霊の主を宿すレティシエルも同じ仕組みで力を使っているのかもしれない。

（サラやデイヴィッドさんのこと、言えないわね……）

人の身でありながら魂に精霊を宿し、精霊のように魔術を扱う。自分も存外人間という枠組みから外れてきている。

自身の手のひらをじっと見つめ、ぐっと拳を作ってレティシエルは前を見据える。まずは前線に向かおう。

一度も行ったことのないラピス國内には、物理的に国境を越えて乗り込むほかない。国境付近ではラピスから闖入《ちんにゅう》した呪術兵が王国兵と武力を交えていると聞いた。そこをスルーするわけにはいかないだろう。

前線の野営地は、山脈のふもとにほど近いところに展開されていた。人影がまだ見えてもいないうちから、すでに人の叫び声や武器の鳴り響く音が聞こえる。

遠視魔術で遠くの様子を見やると、山の斜面を下ってくる白い軍団がバラバラと散開して見えた。あれが報告にもあった呪術兵だろう。

最悪に備えておびただしいほどの大群を想定していたけど、実際にはその半分程度の数だと思われる。王国側は戦力を集中させて現状をなんとかしのいでいる様子だった。

先ぶれもなく唐突に野営地に現れたレティシエルに対して、王国軍の将兵たちは大いに警戒した。ドロッセルの髪は銀色で、片目も呪術兵たちと同じ赤色だから、ラピスの手先かと思ってしまったらしい。

しまいには野営地を統括している将軍まで打って出るような状況で、レティシエルは何よりも自身の潔白をまず証明しなければならなかった。

こういう事態が発生し得る可能性を考慮して、エーデルハルトが出立前に紹介状のようなものを書いてくれた。

その紹介状を将軍に渡し、自分が王都から来たこと、呪術兵と世界を覆う瘴気《しょうき》に対抗するために動いていることなどを念入りに説明した。

レティシエルの腕には今、ブレスレットが一つつけられている。

装身具の類はほとんど身につけないレティシエルがこれを持っているのには理由がある。出立の直前、メイとエーデルハルトに託されたのだ。

もともとはメイが持っていたものだった。かつてスフィリア地方を治めていた一族の後継者の証《あかし》だったのだけど、メイからエーデルハルトに渡り、さらにレティシエルのところへ回ってきた。

『ドロシーちゃん、ラピスいくんでしょ？　持ってくべき、だよ』

王女アレクシアであった頃の記憶が戻ったのか、昏睡《こんすい》から目を覚ましたメイはいつの間にかレティシエルをそう呼ぶようになっていた。

黒真珠がはめ込まれた、太い金のブレスレット。何か特別な品のようには感じられなかったが、メイがあまりに確信めいた口調でそう言うのでこうして持ってきた。

まぁ、邪魔になるようなものではないから別段気にしてはいない。

エーデルハルトの紹介状には、レティシエルの外観や特徴的なブレスレットを身につけていることも言及して保証されている。

身体的特徴とブレスレットが一致しているのを見て、ようやく彼らはレティシエルを信用する気になったらしい。

無事に身元を証明することができたレティシエルは、呪術兵との戦いに協力したい旨を将軍に申し出た。

将軍は驚かれ、二つ返事でそれを承諾された。きっと今は猫の手も借りたいような状況だったのだろう。何度も頭を下げて礼を言われた。

「ここにある武器と防具を全てかき集めていただけませんか？」

協力を受け入れてもらって、レティシエルが最初に出した提案は、味方の兵が使っている道具を間借りすることだった。

「え？　ぜ、全部ですか？」

「はい。戦いに出ていらっしゃる方々の分はいいです。あとで私の方から戦場に出向きます」

将軍は不思議そうにしていたが、それが何かの打開策になり得るかもしれないと、すぐさま兵たちに指示を出す。

ほどなくして本部前の空間に、野営地に保管されている全ての武器や防具が集められてきた。

その武器防具の山に向かって魔術を展開させる。付与させたい術式があるのだ。

覚えたての聖属性の力は、まだまだおぼつかなくてレティシエルのものにはなっていない。本当の意味で意のままに操るにはもう少し時間を有するだろう。

それでも手さぐりで着実に感覚を摑《つか》みながら、ともあれ無事に聖属性の術式を展開させることができた。相変わらず展開される幾何学的な魔法陣は見覚えのないものだけど、精霊の主の魂が記憶していたものだと、今ではわかる。

属性は違えど、この力もまた魔術の一種だ。普通の魔術の魔導術式と同じく物体に付与することで力の一部を宿すことができるはずだ。

結論から言うとその試みは成功した。レティシエルの予想通り聖属性の力は無事術式とともに道具の中に定着した。

聖属性の力をまだうまく使いこなせないことに、今回ばかりは感謝するべきなのかもしれない。一括付与することで個々の術式の力が分散され、武器への負荷の軽減につながったのだろう。

むろん、一つ一つ個別に付与するのは手間だし面倒だったから、という個人的な思惑もあったが。

おかげで武器のほうが術式に耐え切れず壊れる事態もまだ発生していない。突貫工事感はあるけど、十分実用に耐え得るレベルのものなので良しとする。

呪術兵も瘴気も『古《いにしえ》の漆黒』も、聖属性を弱点としている。これらの武器たちは、その日のうちに早速、前線で戦う兵たちの役に立ち始めた。

聖属性魔術を付与させた武器は以前より呪術兵に大きなダメージを与えることができる

ようになり、反撃手段を得た味方側の士気は格段に上昇し始めていた。

それと同じで防具も敵からの攻撃や瘴気の侵食から兵士の身を守れるようになり、不安定だった戦力も少しずつ安定してきている。

とはいえそれで完全に被害を無効化できるわけではないので、浄化のために治癒魔法をかけることも勧めておく。治癒魔法も瘴気の浄化にある程度貢献できることは、クリスタの治療を見てわかっている。

今思えば、おそらく治癒魔法や治療魔術は知らず聖属性に近い性質を持ったものだったのだろう。

治癒魔術は光属性魔術に分類されているけど、本質的には光と無属性の合成技に近い。魔法のほうも恐らく同じ。これも早速取り入れられていた。

レティシエルは野営地に残って三日ほど王国軍とともに呪術兵と戦った。残っていた道具への術式付与や敵主戦力の撲滅などに奔走するうちに、それだけの日数が過ぎてしまったのだ。

もちろん当初の目的を忘れてはいけない。前線がある程度落ち着いてきた頃合いに、レティシエルは野営地を後にする。

このときの前線で起きた一連の出来事が、大戦が終わったのち『聖女ドロッセルの奇跡』として語られ広まっていくとは、まだ知る由もない。

＊＊＊

ラピス國への侵入ルートとして、レティシエルはスフィリア地方を通り抜けていくことにした。

何せ目の前の山脈を山越えしていくのは骨が折れる。踏んだこともない地は転移でも行けないのだから、これが一番手っ取り早いだろう。

野営地で将軍から聞いておいた方角に向かってひたすら進む。ラピスの呪術兵との戦いの最前線だからか民の姿は見当たらない。

姿を見せるのは、国境を越えてこちらに入り込んでいる呪術兵たちだけ。

まるで妨害するように執拗《しつよう》に行く道を遮ってくる呪術兵を、その都度レティシエルは聖なる光で浄化する。

聖属性は奴《やつ》らにとって弱点であるとは思っていたけど、どうやら致命傷にまで至るほどのようだ。

「ガァァァァア！」

レティシエルの放った光の球に呑《の》み込まれ、まるで炎に焼かれているような断末魔の叫びをあげて呪術兵が消滅していく。

威力の調整次第では、こうして一撃で即死させることもできてしまうと知ったのは、野営地での戦いの最中であった。

（まだ、思いっきり使い続けるには無理があるわね）

周囲にいた敵を一通り一掃して、レティシエルは自分の手に目を落とす。その指先はかすかに震えていた。

王都を出てから数日が経《た》ち、聖属性魔術の扱いには少しずつだが慣れてきた。やはり基礎においては普通の魔術と同じだから、制御するまではさほど苦労しない。

問題があるとすれば、行使するにあたって体と精神にかかる負担があまりに大きいことだろうか。

震えていた手は何度か握ったり開いたりしているうちに次第に収まってきた。連続で聖属性の術式を行使し続けると、すぐにでも肉体に反動のようなものが如実に表れる。

「……」

もとは精霊の力、それも精霊の中でもさらに高位の存在にしか扱えない力だ。

人の子にすぎないレティシエルがそれを操ることは、人が神の力に手を出すのと同義だ。相当の負荷とハンデを背負わなければならないことはわかっている。

「……もどかしいな」

わかっていても、そう思わずにはいられない。この力しか『古の漆黒』に対抗する術《すべ》がないのなら、この程度に耐え切れないようでは問題だろう。

もっとうまく、この力と付き合っていく方法はないものなのかと独《ひと》り言《ご》つ。ティーナとディトはもう眠りについた。自力で模索していくほかないのかもしれない。

遠くに波の音が聞こえる。海が近づいている。前方を見やると、海沿いの崖の先に、不自然にへこんだ台地のような遠景が見える。

実際にこの目で見たのは初めてだが、あちらがおそらくスフィリア地方の方角だろう。第一の目的地は近い。レティシエルはいっそう歩みを速めていく。

スフィリア地方へ入るには、目の前の台地の坂を上っていかなければならない。舗装された土の道を一歩一歩進んでいく。空に向かって途切れる坂道の先は、黒々とした瘴気に呑み込まれていかにもおどろおどろしい。

手をかざし、小さな光球を呼び出す。聖属性の力を帯びたその光はレティシエルの前方をフヨフヨと漂い、灯《あか》りと通り道の瘴気を祓《はら》ってくれる。

瘴気を取り込んでしまわぬよう、光球が浄化してくれた道を通ってレティシエルは坂を上る。緩やかな坂はさほど長くは続かず、終点は思いのほか早くやってきた。

はじめは何も見えなかった。それは空を覆う暗雲が作り出した暗闇のせいなのか、それとも漂う漆黒の瘴気があまりに濃いせいなのか。

状況を把握するためにも、その場に立ち止まってしばらく様子を見る。もちろん結界で身を守護することも忘れない。

少しずつ、本当に少しずつ黒色が晴れていく。現れ始める風景を一瞬たりとも見逃さないよう、じっと正面だけを見つめる。

（……この場所、なんだかノクテット山の山頂の雰囲気に似てるわ）

不自然に陥没した薄暗い盆地が目の前に広がっている。

山脈の途中から突然えぐれたみたいにぽっかり空いたこの地方は、かつて魔術の暴発で吹き飛んだという、あの山頂の廃墟《はいきょ》の町と同じように見えた。

かつて闇の精霊王が精霊族を裏切ったとき、この場所で死闘を繰り広げたことによって山が消し飛んだ結果だと聞いていたけど、実際に目にしてみるとその威力を実感せざるを得ない。

ノクテット山の廃墟なんて比ではない。山が一帯にわたって消し飛ぶほどの戦いが、この場所を舞台に行われたのだと思うと、なんとも言えない妙な気持ちになってしまう。

スフィリア戦争にプラティナ王国が敗北したあと、この地方はラピス國《こく》の領土に組み込まれている。レティシエルはもうラピスの地に足を踏み入れている。

このあとはどうしようか。

空を振り仰げば、いっときは世界を呑み込まんばかりに巨大化していた『古の漆黒』は、今は姿が見えない。

（……私が辺境についた頃にはもう見えなくなっていたわよね）

数日前のことを思い返す。辺境について初めて空を見上げたとき、怪物の姿を見失って驚いた。

怪物の存在は、移動の途中でも定期的に目に入れていた。だからそう長々と目を離してはいないはずだ。

それでも現に、ふと見上げたときにはいなくなっていたのだから不安はひとしおだ。姿そのものを消してしまったのか、あるいは瘴気《しょうき》が濃さを増して結果的に隠されてしまったのか……。

前触れらしい前触れもなかったのに、姿を消してしまった敵の親玉。嵐の前の静けさのように思えて、どうしても嫌な予感が拭えそうになかった。

とはいえ本体が見えていないだけで、『古の漆黒』の眷属《けんぞく》たる呪われた獣たちは自在に空を舞っている。

瘴気の侵食は数日前よりも格段に速度を上げており、時にはかぎ爪のような形を帯びて人や大地に危害を加える現象まで発生するようになっていた。

おそらく、時間がないということなのだろう。

ひとまずレティシエルはスフィリアの盆地まで下りることにした。いつまでもこの場に立っていては何も始まらない。

「……？」

坂道を下り始めてしばらく、レティシエルはふと足を止めた。

周囲を見回してみても、自分以外の人影など当然見当たらない。しかし一瞬、確かに名前を呼ばれた気がした。

（誰か、呼んでいる……？）

さらに耳をすませる。ドクン、ドクンと自分の心臓が脈打つ音が体の奥からこだまし、何かがどこからともなく手招きしていた。

――おいで、おいで、と。

精霊の主《あるじ》たる神の呼び声だろうと思った。内側から語りかけられているようなこの感覚は、ドロッセルの幻に呼ばれたときに似ている。

「……」

すぐ近くから気配を感じたような錯覚を覚え、レティシエルはとっさに亜空間魔術を起動していた。

術式で異空間を作り上げ、そこに物資などを保存するための魔術。その空間の内からたぐり寄せたのは、乳白色の半透明な結晶だった。

思い出すのは、レティシエルがラピス國を目指して旅立つ日のこと。

まさに転移魔術を起動させようとしていたレティシエルのもとに、久々に顔を見る執事のルヴィクが馬で駆け込んできた。

そうして彼が持ってきたのが、今、レティシエルの手にある不思議な結晶だった。

『庭に突然光があふれたかと思えば、例の種からこちらが……』

そうルヴィクは言っていた。かつて庭に、精霊から頂戴した謎の種を植えたことは覚えている。どうやらそれが急速に成長したのだという。

その話をこちら側の事情と照らし合わせてみると、その急成長の時期は双子の精霊王がレティシエルのもとを訪れたのと同じ頃であることもわかった。

(聖属性の力の覚醒と関係しているのかしら?)

タイミングとしてはそう考えるのが一番だろうと考えて、こうしてルヴィクから結晶を引き取って持ち歩いていたけど、本当に反応を示すことになるなんて……。

閉じていたまぶたをゆっくりと開き、レティシエルはもう一度スフィリア地方の盆地を見渡す。

風景に変わりはない。ただし一か所だけ、先ほどとは違うものがあった。

ちょうど盆地の中心地あたりだろうか、かすかに輝く小さな光を見た。星がまたたくように大きくなっては消えていき、それを弱々しく繰り返している。

胸の内から響く声は、その光が大きくなるたび一緒に大きくなり、消えるたびか細くしぼむ。明らかに連動している。

手のひらの中で、小さな結晶がぬくもりを宿す。目を向けずとも、視界の端では結晶の中に遠くの光に共鳴するように柔らかく点滅する光がのぞいているのがわかった。

あの光の場所に、精霊の主たる神がレティシエルを導こうとしている。あるいはその意思があの場所を目指したがっているのか。

「……まぁ、どっちでもいいわね」

魂が共鳴を示す場所であれば、何らかの手掛かりが見つかる可能性は高いだろう。

どのみちここから先は未知の地で、レティシエルは自力で『古《いにしえ》の漆黒』のもとを目指さなくてはいけないのだ。

頼りなく揺れる光を見失わないように注意しながら、レティシエルはその場所に向かうことにした。

変わらず黒い霧に覆われた大地を、光球で照らしながら歩く。街道のような場所を歩いているようで、道を固めるためにまかれた小石がじゃりじゃりと音をたてる。

時々、道端に馬車の残骸が転がっているのが見えた。最近のものではなく、木材が腐りつつあるずいぶん古いものばかりだ。

ふと、この国の国民たちはどうなっているのだろうと思った。これほどまでに瘴気に侵された土地では、ただの人間が平穏に暮らしていけるとは到底思えない。

瘴気に侵食されて、呪術兵に変異してしまったのだろうか。あるいは魔素と魔力のリバウンドに耐え切れず亡くなってしまったのだろうか。

そう思うとやるせない気持ちが胸に広がるが、今は前へ進むほかない。

淀《よど》んだ空気が重く肩にのしかかってくる中、ひたすら進む。濃くなった瘴気の対応には、道しるべ代わりの光球の浄化作用を強化しておいた。

目的地に向かって進んでいくにつれ、周囲に少しずつ岩山のようなものが増えてきた。

最初は点々と、やがて壁を成していき、道が徐々に狭まり始める。

くすんだ岩石の壁が両側から迫ってくるせいで、ただでさえ重い空気がさらに重みを増しているような錯覚さえ抱く。

甲高く風が吹き抜ける音が耳元を通り過ぎていき、細かい小石や砂の粒が顔にかかる。

どこか渓谷のような場所に迷い込んだらしい。

(あの光は……まだ先のほうなのね)

別に道を間違えたわけではないようだ。

片手を岩壁につけ、方角を見失わないようレティシエルは壁伝いに渓谷の中を右へ左へと歩いていく。

表面に露出している地層は古く、古来よりある場所なのだろうと察する。長い歳月の中で風化して崩れている箇所もあり、そういうところでは新たに迂回路《うかいろ》を探さなくてはならなかった。

おかげで星程度の輝きだった光が、こぶし大くらいまで大きくなった頃には遠回りし続けてすっかりくたびれそうになってしまっていた。

そこは少し開けた空間だった。暗くて空間の全貌は見えないけど、正面から強く吹き付ける風は濃い瘴気を内包していた。

道案内に使っていた光球を結界に昇華させてそれを防ぐ。瘴気が聖属性の力に触れ、ジュッと水が瞬時に蒸発するような音が響く。

レティシエルをここまで導いた光は、瘴気に囲まれてか弱い抵抗を続けていた。胸の内からおいでおいでと手招きする声はさらに頭の奥でこだましている。

遠くから見たときに輝きが大きくなったり消えそうになっていたのは、時にこの強すぎる瘴気に呑《の》み込まれそうになっていたからだったらしい。

結界で身を守りながらレティシエルは駆け出す。直感で、このままあの光を消させては駄目だと思った。

結界の放つ淡い光が前方を照らし、突如目の前に朽ちかけた神殿の柱が飛び込んでくる。頭上には半分以上崩れてしまった石のアートの残骸が等間隔に続いている。足元の床は土からいつの間にか石畳に替わっていた。

「ここは……」

いったいどこだろう。先ほどから意味もなく心臓が早鐘を打ち続けている。疲れているわけでも緊張しているわけでもない。

自分の胸に手を当てて考える。己の内側から聞こえていた精霊の主は、この場所に行くことを望んでいた。ここは、その神にとって、おそらくゆかりのある地。

石の神殿の荒廃っぷりは凄《すさ》まじく、ひとたび強い風が吹くたびに柱の表面からポロポロと石屑《くず》が剝がれては吹き飛ばされている。

神殿の奥へ奥へと進む。レティシエルを呼ぶ光は少しずつ近づいてきていた。近付くにつれ、その正体もはっきりと見えるようになってきた。

それは二重に張られた巨大な半円形の光のドームだった。具現化した瘴気の手がそこへ叩《たた》きつけられる。何度も、何度も。そのたびに結界に無数のひびが走り、そして瞬く間に修復されていく。

一層目が光属性、二層目が無属性の結界層だった。聖属性の真似事《まねごと》をしているのだとすぐわかった。そしてそれができるのは、精霊に縁ある者のみ。

「……キュウ」

結界の向こうに透けて見えたのは、神々しいオーラを放つ守護霊獣キュウの姿だった。

普段はティーナの首に襟巻代わりにまかれたり、カバンに乱雑に詰め込まれたりすることが多かったけど、あの姿をさらして戦ったことが一度だけあった。

近づいても結界はレティシエルを拒まなかった。そのまま通り抜けると途端に空気が軽くなる。内部の瘴気が浄化されているから当然だろう。

石棺のような祭壇が雷に割られたかの如《ごと》く真っ二つに裂けている。その祭壇を守るようにキュウは体を丸くして目を閉じていた。

「……お前か」

レティシエルの気配を察知してそのまぶたが開かれる。黄金の瞳がまっすぐこちらの姿をとらえた。

「別行動していると聞いていたけど、こんなところにいたのね」

「フン。ここの楔《くさび》を守ることが、我に課せられた最後の役目であるからな」

鼻を鳴らすキュウはそう言うとしばらく沈黙し、まじまじとレティシエルの様子を観察する。

「目覚めたようだな」

「ティーナとディトから、この力を授けられた。私は精霊の主たる神の魂を持つ者らしいわね」

「その通りだ。精霊の母が人間の器に転生を繰り返すことになろうとは因果なものだ」

だがまだ完全なる覚醒には至っていないようだな、とキュウが言葉を続ける。そういえばティーナとディトも、さらなる覚醒はレティシエルの心次第といっていたか。

それはいつのことになるのかしら。世界の状況を考えるとなるべく早くしたいけど、こればかりはレティシエルにもコントロールはできそうにない。

「あなたはここで何を？」

「見ればわかるであろう。封印の守護だ」

「……封印？」

首を傾《かし》げるレティシエルに、頭を床に寝かせて伏せていたキュウが、むくりと起き上がる。黄金の瞳が上方からこちらを見下ろしていた。

「この神殿は、太古の聖戦に敗れた『古の漆黒』を縛るための牢獄《ろうごく》であった。我らが神が、この地にかの怪物を封じたのだ」

あぁ、ここが……。

不思議と驚きはなかった。初めからそれを知っていたようにさえ思えるほど、キュウの言葉はストンとレティシエルの心に落ちる。

「封印を守るため、精霊は世界の四方へと散った。世界の最果て、南北と東西、その対角線の交わる点に位置するこの場所の結界を維持するために」

「だけど、その戒めはとうの昔に解かれてしまっている。それでもこの地を守護し続ける理由を聞いてもいいかしら」

「……」

レティシエルとキュウの間に沈黙が流れる。

時々外から結界を壊そうと襲い掛かる瘴気《しょうき》のかぎ爪が、ガキンガキンと結界に衝突する音が聞こえるが、それもどこか遠くの出来事に感じる。

キュウはじっとこちらを見据えている。まるでレティシエルの心の内を見定めるように。

だからレティシエルも目をそらしたりはしない。この魂のこと、この力のこと、この世界のこと。きっと自分は知らなくてはならない。

何より、レティシエル自身が知りたいと願っている。自分自身という謎と、向き合うためにも。

「……世界の理《ことわり》がそうさせている」

やがてゆっくりとキュウが口を開く。理、とはまたずいぶん物々しいワードだ。

「我々にとっても、世界にとっても、この地は本来重要な意味を果たす地であるからだ」

「……あなたの先ほどの口ぶり、ここがこのアストレア大陸の中心だと言いたいように聞こえたわ」

「察しが良いではないか」

フンと鼻を鳴らすキュウは、自慢げにも不遜げにも見えた。いつもの見慣れたキュウの様子に少し肩の荷が下りる。

実はさっきから何かと神々しいキュウに、少々落ち着かない気分を味わっていたもので。語尾も至極まともになってしまって……。

「我らが神がこの地を『古の漆黒』終焉《しゅうえん》の地に選んだのは、ここがこの世の中心であり、混沌《こんとん》の生まれいずる場所でもあるからだ」

混沌……。ティーナとディトが語ってくれた話の中にも、同じ単語が登場していた。

「それは、瘴気とはまた別物？」

そうだと言うように、レティシエルの言葉に対してキュウが鷹揚《おうよう》に頷《うなず》く。

「『古の漆黒』の親とも呼べるような存在だ」

もっとも、混沌には自我というもの自体は存在しないがな、とキュウは続ける。レティシエルは息を呑んだ。

この地が、アストレア大陸の中心。

サラが裏にいたとはいえ、ラピス國《こく》が執拗《しつよう》にスフィリア地方を手に入れようとしていた理由が、ようやくわかった。

彼らはスフィリアという土地に興味があったわけではない。そこに内包された、世界の心臓たるこの場所がほしかったのだ。

北斗七星陣においても、このスフィリア地方に打ち込まれた点は北極星の位置として見立てられている。理由はおそらく同じだろう。

「混沌は太古より今に至るまで、脈々と世界の奥底で流れ続けてきた。多くのものがここから生まれ、ここへ還《かえ》っていった」

「『古《いにしえ》の漆黒』も、そうしたものたちのうちの一つだったと？」

「あれは混沌より生まれた最初のもの。まだ世界に光も闇もなかった時代、あれの誕生により世界に闇が生まれた。ゆえに奴《やつ》と混沌のつながりはひときわ強い」

キュウの長い尾が気まぐれに揺れ、裂けた石の祭壇をそっと撫《な》でる。おそらくあの祭壇が、守護の中心となっている。

「今、封じられていた『古の漆黒』が再び目を覚ました。目覚めて、世界に闇と瘴気を振りまいている。その闇に引きずられて、混沌もまた地上にあふれ出ようとしている。そうなれば、世の全てが無に帰してしまう」

「……では、キュウはそれを抑えるためにここで？」

「キュ」

今のは『そうだ』という意味だろう。

先ほどからキュウに聞かされるのは、人間の世界には伝わっていない散逸した秘密ばかりで、津波のような情報の洪水に気詰まりしそうになってしまう。

キィインと、黒板を掻《か》いたような不快な音がする。振り返ると瘴気のかぎ爪がギリギリと結界に爪を突き立てようとしていた。

（休む間もなし、か……）

伏せていたキュウが四肢を立ち上がらせる。その身を覆う白い毛が、吹き上がった風になびいて空中を泳ぐ。

キュウが吠《ほ》える。聞いたことのない鳴き声だった。何十もの狼《おおかみ》が一斉に遠吠えしているような、どこか不安定で重層的な声。

瞬間、黒いかぎ爪が弾《はじ》かれたようにのけぞって暗闇の中に姿をくらます。熱いものに触れて反射で手を引っ込める行為に似ていた。

爪をたてられた結界のひびが瞬時に修復される。半透明の白い壁にうっすらと術式のような図式が浮かび、消える。

それはレティシエルが先日託された、聖属性の魔導術式に酷似していた。

「……今のは？」

「結界の上書きだ」

長く長く息を吐いて、キュウが再び石の祭壇を守るように丸くなる。

（……無理をしているわ）

すぐにわかった。

それが力を使ったせいなのか、それとも長い間この地を守り続けて消耗しているせいなのかはわからない。

しかし混沌をせき止める守護が、キュウにとって大きな負担となっているのは、はたから見ていても手に取るように理解でき、自然と言葉が零《こぼ》れ落ちる。

「キュウ、力を貸すわ」

聖属性の力による結界なら、力になれるはずだ。そう思ったけど、キュウは首を横に振った。

「その必要はない」

「なぜ？　劣勢なのは明白よ」

「この程度、我の力でどうとでもなる。我の身を案じるより、一刻も早く『古の漆黒』を打ち倒すことを第一に考えるべきではないのか」

「……」

「あの忌まわしい怪物が果てれば、瘴気に引き寄せられている混沌も落ち着くであろう。そのほうがよほど良い手助けというものだ」

そう言われると、そうなのかもしれない。レティシエルは目を伏せる。キュウの言っていることにも一理あった。

今、混沌が地上に溢《あふ》れかえろうとしている原因は『古の漆黒』の復活だ。魔素が消滅したことが、結果として怪物を枷《かせ》から解放する羽目となった。

だからその存在をもう一度無力化することができれば、混沌の暴走も落ち着くのだと、キュウは言いたいのだろう。

黙り込むレティシエルと目を合わせるように、キュウがあごを地面につけてこっちを見つめてくる。

「我は守護霊獣。お前が世に生み出した存在だ」

「……私が？」

「我らが神が、眷属《けんぞく》たる精霊を生み出すより先に、我は生まれたのだ」

レティシエルが、というより、レティシエルが魂を共有している精霊の主《あるじ》が、キュウを作った真の主人なのだろう。

「かの方は眠りにつかれる前、己に代わって封印を守り伝える存在として精霊という種族を作られた。聖属性の強大なる力を暴かれぬために、その力を二つに分割したうえで」

「……光属性と、無属性」

「それ以外の属性は、主が眠って世界に残された精霊が、時の流れの中で進化を遂げて枝分かれして生まれたにすぎない」

だから彼はティーナとディト……双子の光と無属性の精霊王に付き従っていたのかもしれない。どこか遠くを見つめるような眼差《まなざ》しを浮かべるキュウに、レティシエルは何も言わずただじっと耳を傾ける。

「なら、それより前に生まれたあなたは、私と同じ力を持っているということかしら」

「お前のそれよりは劣るが、そういうことだ」

キュウの言いたいことはなんとなく理解した。つまり、聖属性の力は自分も保有しているから心配は無用だ、と言いたいのだろう。

そう理解はしたものの、やはりレティシエルはその場を動くことはなかった。なんとなしに、離れがたい。

(何かしら……腑《ふ》に落ちないわ)

それが何に対しての感情なのかは、いまいちよくわからない。そっと自分の胸に手を当て、心の内側に耳を傾けてみる。

おいで、おいで。

声はまだ聞こえていた。スフィリア地方の入り口で、遠くにこの場所の光を認めたときから、胸の奥から語り掛け続けている、この声。

(誰かが私を呼んでいるのか、それともこの魂が何かに引き寄せられているのか……)

どっちにしろ、レティシエルには自分がこの地を訪れたことが、ただの寄り道だったとはどうしても思えなかった。

ただキュウと巡り合って、この世界のことを聞く雑談のために呼ばれたのだとしたらとんだ笑い話だ。

なら、レティシエルがここへ引き寄せられてきた理由はなんだろう。この古の神殿で、自分はいったい何を為《な》せばいい？

「……！」

突如、背中に勢いよく悪寒が走った。

嫌な予感がしてレティシエルはとっさに振り返る。キュウも何かを感じたらしく、ガバリと頭をもたげて毛を逆立たせている。

カン、と音がした。足音だ。人間の、足音。

誰かがこちらに近づいてきている。いつでも先手を打てるよう警戒しながら、暗い瘴気の向こう側を睨《にら》む。

うっすらと人の輪郭が浮かび上がってきた。右に、左にと、不安定に揺れている。ふらふらと酒に酔って足元がおぼつかなくなっている人のような動きだ。

やがて人影は結界の放つ光のもとへと姿を現した。侵蝕《しんしょく》した瘴気が黒い根のように全身の皮膚を這《は》い、白目まで深紅に染まったその者の顔は、レティシエルもよく知る男の顔だった。

「……！　ミルグレイン……」

白の結社の一員であり、サラのしもべでもあった男だった。レティシエルとも、これまで幾度となく刃《やいば》を合わせてきた。

「知り合いか」

「敵よ」

先手必勝。ありったけの浄化魔術を織り込めて、レティシエルはミルグレインに向かって光線をぶつける。

光の線が結界をすり抜けて暗闇を貫き、寸分たがわずミルグレインへと注がれた。火薬が爆《は》ぜるように光が派手に周囲に飛び散り、重々しい地響きがとどろく。

従来の呪術兵であれば、このくらいの威力の浄化で十分事足りたが、事はそううまくは運ばない。

（やっぱり、そうあっさりはいかないわよね……）

光の波が瘴気《しょうき》に混じって溶けたあとも、ミルグレインの姿は変わらずこちらに向かって進み続けていた。弱体化している様子も、ない。

「ウゥゥ……」

しかし、何かおかしい。ミルグレインの虚《うつ》ろなうめき声に違和感を覚えた。

彼は、こんな状態だったかしら。直近に相まみえたのは、メイに封じられていた何かを奪いに来たときだ。

あのときはまだまともに会話も交わせていたし、ミルグレイン自身もはっきりと己の意思を持っていたはずなのに……。

「いったい、何が起きて……」

「後天的に呪術使いとなった者の末路か」

レティシエルの後ろからキュウの声が聞こえた。ミルグレインに注意しながら、ちらと一瞬だけ背後を振り返る。

「呪術という力については我らも把握している。お前のような特殊な赤い眼《め》を持つ者が先天的に得る力だ」

キュウの声は続いていた。どこか憐《あわ》れむような、憤っているような、なんとも複雑そうな口調。

千年もの間、あの手この手でサラと戦いを繰り広げてきた精霊族、そこに付き従ってきたキュウが呪術のことを熟知しているのは道理といえよう。

「後天的にその力を得ようとするなら、特殊な媒体として呪石を用意しなければならない。入れられた人間の多くはただ傀儡《くぐつ》人形となり果てるばかりだが」

傀儡人形……とはきっと呪術兵のことだろう。

「稀《まれ》に自我を残したまま適合できる個体が現れる。あれは後者だ。我にはわかる。だがどちらにせよ、人間という種は瘴気の侵食による自我崩壊を免れる術《すべ》を持たないことに変わりはない」

寸分も波立たぬ声色。キュウにとっても精霊にとっても、きっとそんな事例は特に珍しいものでもないのだろう。

「あの様子では、急激に高濃度の瘴気を浴びたのだろうな。それによって自我の侵食が急速に進んだ。憐れなものだ」

「……」

数日前に一戦を交えた相手が、変わり果てた姿で目の前にいる。同情するわけではないけど、瘴気はこうも簡単に人を壊してしまう。

それを生み出す『古《いにしえ》の漆黒』も、その片棒を担いだサラも、こうして人が壊れていく様を見て何を思うのだろう。

「マスター、ノ、オンタメ……」

ぶつぶつと、ミルグレインの口が何かつぶやいているのが聞こえた。

かすれた声で、マスター、と繰り返している。彼が属していた白の結社のマスター。幼《おさな》馴染《なじみ》のサラ。

瘴気に自我を侵され、呪術兵に成り下がってもなお、ミルグレインの中にあるサラへの忠誠は消えずに残っていた。それともその忠誠心が、彼に残された最後の理性なのか。

やるせなさが胸の内に広がっていくが、呪術兵となって瘴気をばらまくようになってしまった以上、被害を広めないためにもここで奴《やつ》を倒さなくてはならない。

ミルグレインが打って出てきた。己の手を取り込んだ黒い瘴気のかぎ爪を振りかざし、闇雲に結界を打ち付ける。

そのかぎ爪はミルグレインの背丈に迫るほど巨大なものだった。一撃で結界にも大きなひびが入る。よく振り回せるなと感心さえしそうになった。

「キュウ、結界の維持に努めて」

「お前は？」

「あれを倒さなくちゃ。ここで暴れられたら暴走が加速するわ」

実際、強力な暗黒の力が場に混じってきたせいで、この地を襲っていた地響きはボルテージをあげていた。

地面の揺れもさらに加速している。キュウでなくとも状況は理解できた。混沌《こんとん》がこの力に引き寄せられている。引き寄せられて、外の世界にあふれ出ようとしている。

（本当に、一心同体のような者同士なのね……）

先ほど聞いたばかりの話を思い返す。『古の漆黒』と混沌。そのつながりの強さはきっと侮れない。

結界から一歩出れば一気に肩に重石《おもし》が載せられる。この瘴気の濃さ……聖属性魔術があるとしても長居はできなそうだ。

宿敵の力を感知したのか、ミルグレインの眼がこちらを向く。威嚇するような唸《うな》り声《ごえ》をあげ、かぎ爪を地面にたたきつけると空に向かって大きく跳躍した。

浮遊魔術を発動させ、レティシエルもそれを追って上空に舞い上がる。

かぎ爪が襲い掛かる。空中で体をひねってそれをかわす。ミルグレインの放った漆黒の瘴気の槍《やり》は、とっさに展開させた球状の結界によって防がれる。

一般の呪術兵を相手にする程度の浄化魔術では威力が不足している。光球に普段の三倍ほどに強化した浄化魔術を圧縮し、ミルグレインにぶつける。

黒い霧を裂いて光球は真っ直《す》ぐに標的へと向かい、ガラスが割れるような音をたてて爆ぜる。苦しげなうめき声が聞こえる。

しかし霧散した光の中には変わらずミルグレインの姿があった。片手のかぎ爪の爪が全て砕けて消失していたが、これでも倒れないらしい。

甲高い雄叫《おたけ》びが宙にとどろく。王都にいる間に聞いた『古の漆黒』の鳴き声とよく似た音が、ミルグレインの口から発せられている。

ぶわっとその体から瘴気が放出され、あっという間に肉体を取り込んで膨らんでいく。

折れたかぎ爪が再生し、曇天の空を背に大きく両手を広げるその姿は、『古の漆黒』の小型版のようであった。

攻撃を掻《か》い潜《くぐ》りながら、レティシエルは何度も浄化魔術を放つ。その都度、ミルグレインがダメージを受ける気配はするものの、次の瞬間には周囲の瘴気を取り込んで元通りに修復されてしまう。

（まだ、力が足りない）

おそらく〝真の覚醒〟とやらにレティシエルがまだ至っていないからだろう。

聖属性の力は強力だけど、弱点は当然ある。守護と浄化に特化したこの力は、攻撃らしい攻撃の手段を一つも持たないのだ。

ひときわ大きな地鳴りが響いた。大地を見下ろすと、ミシミシと不穏な音をたてて地面に裂け目が走り始めている。

(いったい、どうしたら……)

焦燥がじわじわとこみ上げてくる。どうすればいいのか方法もわからないのに、なんとかしないと、と気持ちばかりが逸《はや》っていく。

真の覚醒は覚悟次第。ティーナとディトは確かにそう言った。だけどそんなものを提示されたところで何ができるだろう。

覚悟が足りないと言われているのだろうか。自分ではこの力のことも、運命のことも、受け入れて覚悟しているつもりだった。それでは足りないのか。

それとも、覚醒を邪魔する何かが、レティシエルの中に自分でも気づかずに潜んでいるのだろうか。

「……っ!」

このままでは、この地を守護するキュウの結界まで壊れてしまう。そう思った矢先、まばゆい光に包まれていた。

それは身に覚えのある光だった。双子の精霊王に力を授かったときに浴びた光と、同じ感覚。聖なる輝き。

その力を持つ者は、この場でレティシエルをのぞけば一人しかいない。

地上を振り返ったレティシエルが見たのは、薄い結界の向こうでこちらを見あげるキュウの姿だった。

その身を包んでいた光のオーラと、神殿を守護する結界が、少しずつ光の尾を引きながら薄まり始めている。

「我の力だ、受け取るがいい」

「キュウ？　あなた、何をして……」

「もとよりこれは、お前が我にくれた力。本来お前の力の一部だったものだ」

尾を引いて筋を描く淡い光は空へゆっくりとたゆたい、レティシエルのもとまでつながっていた。

間違いない。今、レティシエルの体に流れ込んでいる新しい力の気配は、キュウのもっていたものだ。力を、こちらに譲渡したのだ。

未《いま》だ解放と覚醒に至ることができないままのこの力を、補うために。

「今、あるべき場所にそれを還《かえ》そう」

キュウの体から光が消えていく様を、レティシエルはただ見守ることしかできなかった。

反比例するように、自分の体の内側から湧き上がる力が強さを増していく。それを実感しながら、心に一つの感情を自覚した。

怖い。

初めて自覚したその想《おも》いに、途端に目の前が開けるようだった。

精霊より授かった、この底の見えない無限の力を、自分は心のどこかでずっと恐れていた。

人が手にして良いものではない力を手にし、自分自身が力に呑《の》み込まれてしまうことを無意識に抑え込んでいた。

その無自覚の抑制が、足枷《あしかせ》となっていたのだとはっきりわかった。レティシエルは覚悟を決めながらも、自分でそこから逃げてしまっていた。

――ねえ、精霊の神様。

今、視線の先には白い光の海が広がっている。それが現実なのか幻なのか、レティシエルにはわからない。

――あなたが私だというのなら、どうか私の願いを叶《かな》えて。

手を伸ばした先に、銀色の髪をたなびかせた少女の影が見える。ドロッセルによく似た容貌。

果たしてそれは幼い頃のドロッセルの姿なのか、それともこの魂の始まりとなった精霊の神の姿なのか。

――この力からも、運命からも、逃げたりはしない。

指先に誰かのぬくもりが触れた。小さな手をしっかりとつかむ。今度こそ、自分の宿命と向き合うために。

――だから、どうか目覚めて。

守りたい人たちが生きるこの世界を、守れるだけの力をください。

暗闇に包まれた世界に光が炸裂《さくれつ》した。瘴気《しょうき》に侵された世界を貫くように、大地から空に向けて光の柱がそびえ立つ。

太陽のような輝きを放つその柱の中心で、天使の翼が羽ばたく。純白の翼にいだかれて、レティシエルは閉じていたまぶたをゆっくりと開く。

左右で異なる赤と青の瞳。その瞳の奥に、文様が浮かぶ。黄金に輝く、蓮《はす》の文様。

その瞬間がやってきたことを、魂で自覚した。寄せては引く波のように、記憶が蘇《よみがえ》る。

太古の昔、聖なる光を体の一部のように扱っていた、あの頃の記憶。

かつてミルグレインだったモノに向かって両手をかざす。一瞬で虚空に無数の魔法陣が展開される。

それは先ほどまでの浄化魔術を優に超える規模だった。触れただけであたりの瘴気が一瞬で消滅していく。

未だ広がり続ける魔法陣に共鳴するように、水晶のようなものが光の柱の周囲に集い始める。強力な浄化の力が凝縮し、クリスタルとなって神殿を守る新たな守護結界を形成していた。

ミルグレインの咆哮《ほうこう》が空気を震わす。その姿からレティシエルは目をそらさない。

ありったけの力を込めてミルグレインのかぎ爪が振り下ろされる。それがレティシエルまで到達する直前、巨大な魔法陣は発動した。

空に二度目の太陽が咲いた。

あまりに強すぎる光の中では音すらも消えてしまうのだと、このとき初めて知った。

怖いくらいの静寂が過ぎ去り、目をつぶすほどの光の洪水が消えたあと、そこには何も残されていなかった。

ミルグレインも瘴気も、まるで最初からなかったかのように、全てが浄化されきった澄んだ風だけが渓谷を吹き抜ける。朽ちた石の神殿を包み込むように、天を貫くクリスタルの塔ができあがっていた。

聖なる力を宿した塔を見下ろし、レティシエルは翼を畳む。具現化した光によって形作られていた翼は光の粒子となって消え、レティシエルは塔の中へと着地する。

クリスタルに守られるようにキュウが眠っていた。持てる力の全てをこちらに譲渡したのだ。仮死状態になってしまうのも無理はない。

コツコツと足音を鳴らしてそばへ近づき、その額にそっと手を当てる。

（キュウ、起きて）

手のひらの向こうに小さな光が灯《とも》る。それは緩やかな速度で動かないキュウの全身を包み、クリスタルの表面に反射してキラキラと光る。

一度キュウから還されたこの力、再びキュウに還そう。

聖なる力を守護霊獣の魂に注ぎ込む。額に当てたままの手の向こうでは、白色に混じって赤色の光が浮かび始める。

ピクリとキュウのまぶたが動き、黄金の瞳がそっとのぞく。レティシエルは手を外した。キュウの額には先ほどまでなかった紅色の蓮の文様が刻まれていた。

「おはよう。お目覚めかしら」

「……よもやこの我が、人間と契約を交わすことになろうとはな」

盛大なため息をつきながら、キュウがやれやれといった調子でつぶやく。不承不承のような態度とは裏腹に、その声の内に潜む喜びの色にレティシエルは気づいていた。

「よくぞ、お戻りになられた、聖霊姫様」

「……それが、あなたたちの神様の名前？」

こくりとキュウが頷《うなず》く。姿勢を正し、美しき守護霊獣はその真なる主《あるじ》に向かって恭しく頭を下げる。

その額に浮かぶ蓮の文様をそっと撫《な》でる。鍵を解かれた記憶がゆっくりとよみがえっていく。

（……あぁ。確かに、あなたは『私』の子だわ）

まだ両腕で抱えきれるくらいの子供だったキュウを抱え、暗黒の世界を旅した。『私』を守るため、いつも生傷が絶えなかった。最後まで世界と『私』を見届けてくれたのもあなただった。

「ずいぶん、無茶な賭けをしたものね。自分の力を丸ごと私に還してくるなんて」

「あなた様の覚醒を悠長に待ってくれるような敵ではない。多少の荒療治は許されてしかるべきであろう」

「聖霊姫が覚醒しなかったらどうするつもりだったの？　あなたが力を失えば、この地の守護は一瞬で崩壊していたはずだわ」

「それを見過ごすようなあなた様ではないでしょう」

「……大した勘だこと」

実際、守護の要を担っていたキュウの力が消滅したあと、ほとんど間を置かずにレティシエルがその任を引き受けていた。

聖霊姫であればそうするであろうと、キュウが確信していたからだろう。悠久の時を経ても変わらずに続いている信頼の強さが眩《まぶ》しい。

今、この神殿にいるのはキュウと、レティシエル。だけど今この瞬間だけは、聖霊姫とかつての守護霊獣が確かに言葉を交わしているように思えた。

「あなたは聖霊姫をよくわかっているのね」

キュウの額から手を離し、少しうらやむように微笑《ほほえ》んでレティシエルはキュウの目を見上げる。

太古を懐かしむように目を細めていたキュウも、聖霊姫の面影がなりを潜めたことを察してレティシエルとの対話に戻ってくる。

「……お前にはまだわからぬか」

「そうね。聖霊姫の記憶を視《み》るようになるのは、これからでしょうから」

だけど、少し似ているような気はした。レティシエル自身と、キュウの知る聖霊姫。

キュウは己の主のことを信頼して、力を全て還すという選択をとった。そして賭けに勝った。

それは結果的にレティシエルの行動原理とも一致していた。あの戦いの最中の行動は、聖霊姫の意思であると同時にレティシエルの意思でもあった。

不思議な連帯感だった。長い劇の中で代わる代わる異なる人物を演じる、自分が主役の舞台を見続けていたような、そんな感覚。

そう思うとふいに胸のつかえがとれたように、妙に清々《すがすが》しい気持ちが心に広がる。

覗《のぞ》いても覗いても底が見えない自身の魂に足がすくみそうになる瞬間もあった。自分が自分ではなくなるかもしれないことに不安を覚えることもあった。

だけど別々の生を歩んだ三人分の記憶も、全て含めて『私』であったと、今は思える。

レティシエルの意思はレティシエルだけのものであることも、きっと変わらない。

だからもう、怖くない。

「行くのか？」

「ええ。行くわ、ローゼンへ」

聖霊姫として覚醒したおかげなのか、今のレティシエルには『古《いにしえ》の漆黒』の座す場所がどこか、はっきりとわかっていた。

そこはアストレア大陸の西の果て、辺境の地。かつてリジェネローゼ王国があった地。その首都だった場所だ。

千年前の自分が生まれ、散っていった場所。まさかレティシエルの故郷が最後の決戦の場となるなんて……。

「……そうだわ。キュウ、あなたに聞こうと思っていたの」

ふいに脳裏に浮上したことがある。

いったん懐にしまっていたそれを取り出し、キュウの前に差し出す。あたりの光を吸って、乳白色の結晶がキラリと輝く。

「それは……」

「何か、知らないかしら？」

もとは精霊から譲り受けたもので、現れたタイミングも恐らくレティシエルの覚醒と関係している。無意味な品とは思えなかった。

キュウは結晶に鼻先を近づけ、スンスンとにおいを嗅ぐように鼻をひくつかせる。その目が懐かしそうに細められる。

「世界樹の種が芽吹いたか。存外早かったな」

世界樹……聞いたことくらいはあるような気がする。無言で見つめ続けていると黄金色の瞳がレティシエルを映す。

「元は聖霊姫がかつて託していったものを、精霊族が代々受け継いできた。名の通り世界樹を形作るもととなるものだ」

「そんな大事なものを私に託していったの？」

「言ったであろう、聖霊姫のものだと。唯一扱えるのは聖霊姫御身ただ一人。精霊の役目は時が来るまで守ることだけ。お前の覚醒に引きずられたのだろうな」

キュウの言葉は、おおむねレティシエルの予想を裏付けるものだった。聖属性の力を託されたタイミングで、屋敷の庭にこれが現れた。

この結晶を生んだ種を託されたときから、精霊側はレティシエルが聖霊姫であると気付いていたのだろうか。そう昔のことではないはずなのに、ずいぶん遠く感じる。

確信はあったのかもしれない。でないと協力者とはいえポンと軽々しく世界樹の種を渡しはしないだろう。

「かつて太古に『古の漆黒』を封印したとき、一度だけ世界樹は出現した。例の種はそのときのものだ。時とともに役目でも終えたのか、樹《き》自体が気づけば消滅してしまっていたがな」

「その世界樹とやらがなんなのか、キュウは何か知っているかしら？」

「いや。あれは封印の副産物のようなものだったが、何せ一度しか前例がない。加えて封印の際にその場にいたのは聖霊姫だけだ。世界樹とは何者で、なんのために生まれたのか、詳しいことは我も知らぬ」

「……」

「不服そうだな」

「また藪《やぶ》の中なのねと思っただけよ」

それはつまりレティシエルの持っているであろう太古の記憶にしか答えがないということだ。

ならば現状はどうしようもない。気合で全部の記憶を思い出せるのなら楽なのだろうが、そんな都合のいい話はないので時に任せることにする。

「ただそれはお前にしか扱えないことは間違いない。決戦の地まで持っていくといい。必ず必要な時が訪れるはずだ」

ちょんちょんと、キュウの鼻先が小さく手のひらの上に転がる乳白色の結晶をつつく。

コロリとそれはレティシエルの手の中で一回転する。

「再び世界に世界樹が生まれる瞬間に、我はまた立ち会えそうにないな」

「……ふふ」

きっと、キュウはここを離れるつもりはないのだろう。だからレティシエルもただ微笑むだけにとどめる。

いったいどこから運命の歯車は回り始めていたのだろう。そんな物思いにふけるレティシエルに、静かにキュウが額を寄せてくる。

「この世界を、お頼み申し上げる。あなた様の愛したこの世界を、その御力《おちから》でどうかお守りください。その瞬間が来るまで、混沌《こんとん》の氾濫は我が身をもって食い止めてみせよう。あなた様は、あなた様の戦いを」

柔らかな毛並みが頬をかすめた。レティシエルはもう一度キュウの頭を撫でる。言われずとももちろん、そのつもりだ。

キュウに混沌の足止めを託し、レティシエルはクリスタルの塔を後にする。

聖属性の力によって生み出されたクリスタルの塔は、周辺にまでその浄化の効果を及ぼしていた。

来たときには一面瘴気《しょうき》で一寸先も見えないほど闇に包まれていたのに、今では神殿と塔の立つこのくぼんだ土地を取り囲む絶壁までくっきりと見えている。

亜空間魔術に収納する前に、最後にもう一度結晶を眺める。ここへ向かう契機となった時と同じく、今も結晶は淡く光を明滅させている。

（この場所に、反応していたように思う）

ここは世界の中心地であり、混沌のいずる地でもあるとキュウは言っていた。だからこの結晶も惹《ひ》かれたのかもしれない。

「……？」

結晶を亜空間に放り込み、ローゼンへ向かうべく歩き出したレティシエルは、しかし数歩も進まないうちに視線のようなものを感じて足を止める。

ミルグレインが襲来したときのような、邪悪な気配は感じられない。しかし嫌な予感はした。

視線の主を捜して、レティシエルは素早く周囲を見回す。クリスタルの塔の周辺には人の気配がない。ならば……あの絶壁の上だろうか。

顔を上げる。どす黒い雲に覆われた空が真っ先に目に飛び込む。無機質な灰色の岩壁がクリスタルの光をかすかに反射し、上に立つ人影を照らし出す。

「！」

遠視魔術を使うまでもなく、フードを外していたその人物の顔はレティシエルの位置からでもよく見えた。

「……ジーク？」

それは間違いなく、王都で行方不明となってしまった友人ジークだった。

だけど様子がおかしい。目元は前髪に隠れて見えないけど、かすかにのぞく口元は不気味な三日月の形を刻んでいる。

あんな笑い方を、するような人だったかしら。違和感が急速に膨らんでいく。姿を消している間、いったいジークはどこで何をしていたのか。

（あれは……誰？）

――おいで、おいで、私たちはこっちだよ。

口が動いているわけでも、叫んでいるわけでもないのに、どうしてかレティシエルの耳にはそんな幻聴が聞こえていた。

「ジーク！」

名前を呼んで手を伸ばすと、ジークはニヤリと笑ったまま踵《きびす》を返し、そのまま岩壁の上から姿を消す。

慌てて魔術で壁の上まで移動するものの、レティシエルが到着したときにはすでに人の気配すら残っていなかった。

「……」

どうして彼がこんなところにいるのか、瘴気に侵された地で動き続けて大丈夫なのか、彼の身に何かよくないことが起きていまいか。

渦中の人物がいないのでは、どれも答えなどあるはずもない。視線を巡らせ、これから向かおうとする最後の決戦の地があるであろう方角を見やる。

ローゼンへ行けば、全ての謎もわかるのだろうか……。

閑章　あたしが壊れて

父が死んだ。あの子が殺した。

いや、違う。あの子ではない。家が燃えたことも、父の死も、あの子が手を下したわけではない。

頭では理解できていても、心が受け入れられるかは別の話だった。

いつものように夕飯の買い出しをして戻ったら、燃え盛る家の前にあの子が呆然《ぼうぜん》と立ち尽くしていた。

たった数年の平穏は、瞬く間に崩れ去った。父が死んだ。あの子は、最後まで一緒にいたのに、父を助けることができなかった。

どうして、と理不尽を呪った。

どうしてこんなにも一瞬で壊されてしまうの。こうなると知っていたら、家を離れたりなんかしなかった。何が何でも、父を助けようとした。

助けられなかった、とあの子が言う。ブツンと頭の中で何かが切れた。

本当はわかっていた。ジェルライドが粛清にやってきたのだと、ジェルライド王家の文様が入った旗の残骸を見てわかっていた。

わかっていて、それでもあの子を「人殺し」と罵った。あの子に刺した言葉の刃は、そのまま自分にも突き刺さる。

あの子にはできたはずだ。魔術に愛された天才であるあの子に、父の命一つ救えないはずがない。

一番近くにいたのに、娘である自分も間に合わなかったのに、こんな結末なんて納得できなかった。

あの子は何も言わなかった。ごめんなさいと、ただ刃に刺されるのに甘んじていた。

その殊勝さがまた鼻に付く。どうして、何も言わない。助けようとした、でも間に合わなかったと、どうして言わない。

どうして、こちらのことを責めない。こんな時間までどこに行っていたのと、どうして聞かない。

あのときリュートに駄々をこねて本屋に寄り道しなければ、もっと早く帰ってこられた。父も死ななかったかもしれないのに。

その日から、あの子と会うことはなくなった。燃え残った父の研究資料を持ち出して、リュートと一緒にリジェネローゼを去った。

あの子と過ごした日々と思い出に終止符を打ちたかった。あの子を憎まなければ、自分の中のバランスを保てそうになかった。

悲しみ、絶望、罪悪感……。まだ子供だった心には、その怨嗟《えんさ》をぶつける絶対悪が必要だった。

あの子との日々は楽しかった。毎日新しい世界に出会えていた。

あの子は頭が良くて、魔術の才能があって、物知りで聞けばなんでも教えてくれる。市井の与太話も、楽しいと心から喜んで聞いてくれる。

あの子との日々は苦しかった。どんなに勉強や訓練を頑張っても、あの子に届いたためしがなかった。

必死に走って追いかけても、追いつくと思った頃にはあの子はもっと先まで行ってしまっている。

大きな溝が、自分とあの子の間にはあった。埋めようのない、天賦の才という溝。それが腹立たしくて、飛び越えようと足掻《あが》いていたあの頃が懐かしい。

リジェネローゼを去って、目的ができた。父の掲げていたものと同じ、魔術をこの世からなくすこと。

こんな戦争を引き起こすだけの力のために、父は死ななくてはならなかった。そんな理不尽、納得できるはずがない。

この力が世界に戦禍を広げ、父のように無駄死にする人を生むのだとしたら、こんなものは消してしまったほうが良いはずだ。

その想《おも》いは、父の研究書を紐解《ひもと》いていくにつれますます強まっていった。

古代文字で書かれた、父の研究書。読み解くのに時間はかかったけど、魔術が世界を滅ぼす力だとはっきり書かれていた。

世界の深淵《しんえん》に眠る悪魔……『古の漆黒《いにしえ》』を封印する結界である魔素。それを消費して発動する魔術は、いわば悪魔の覚醒を速める猛毒だ。

父を殺したこの世界が、人の手によって自滅したとしても関心はなかったけど、父が愛したこの世界を壊したいとは願わなかった。

どこかの国が大陸を統一、あるいは大国同士同盟でも何でも結んで戦乱が終われば、魔術を手放すこともできるだろう。

だから魔術を滅亡させるために奔走した。

だけどアストレア大陸戦争が終結しても、人は力を手放そうとはしなかった。世界は相変わらずくだらない諍《いさか》いばかりで、魔術の繁栄はますます極まっている。

もう、燃料となっている魔素そのものを消すほかないと思った。燃料がなくなれば、泣こうが喚《わめ》こうが魔術は使えなくなる。嫌でも捨てることになる。

ますます研究に没頭した。スフィリアの神殿から解き放った『古の漆黒』の核を魂に寄生させて養いながら、憑《と》りつかれたように日々を過ごした。長い計画になることは明白だった。

矛盾もあることは理解していた。だが必要な過程でもあった。魔素というものを、真に世界から葬るためには。

死は恐れなかった。『古の漆黒』の呪いが、この身を無限の輪廻《りんね》へ引きずり込んだ。何度死んでも、そのたび転生して蘇《よみがえ》る。そしてまた計画を進める。その繰り返し。

だからあるとき行き着いた事実に、それまで繰り返してきた人生が崩れそうなほど衝撃を受けた。

この魂に寄生させた悪魔の核を浄化し、祓《はら》うことができるのは、聖霊姫という無二の光のみ。かつて深い眠りについたその魂は、時々人の子として生まれてくることがある。

あの子が、そうだった。

どういう経緯でそれを知ったのか、もはや一切覚えていない。ただあのときの頭を殴られたような感覚は今も生々しいくらいよく覚えている。

聖霊姫の魂に、輪廻の概念はない。気まぐれに世界へ出てきては、また気まぐれに去っていく。だけどその転生を、自分が約束させてしまっていた。

リジェネローゼの滅亡。死に際のあの子に、転生の術式を刻んだ剣を突き立てたことに、深い理由はないはずだった。

こんな簡単に死なれてたまるものかと、思っただけだった。父の死から幾年が経《た》っても、胸の内に巣くう理不尽な憎悪は消えることなく灯《とも》り続けていた。

自分は理想のために自ら呪われた輪廻に身を投じたというのに、あなただけ悲劇のヒロインのように散っていくのは許さない。

計画のためでさえない。それは確かに自分のエゴであり、身勝手な自分の醜い意志のはずだった。

なのにその激情ですら、運命という歯車に無慈悲に取り込まれていく。お前がそう思い、そう行動したのも、全部手のひらのうちだよと嗤《わら》われている。

いつかやってくる未来で、大団円のフィナーレを飾るのはあの子だろう。世界を救うという偉業を成すことが許されるのは、世界が愛したあの子だけ。何をしたところで、それは全て世界によって初めから定められていた出来事。

そこにお前の意思はない。お前が報われることもない。そう運命に宣告されたような気がした。

この世界の主人公はあの子で、お前はただの引き立て役。自分の人生や意思ですら、あの子の宿命をお膳立てするための道具にすぎない。

猛烈に、腹が立った。あの子にも、自分にも、この世界にも。

——これは、私の人生のはずなのに。

四章　世界の真実、人の罪

ローゼンという名前を忘れたことは一度もない。リジェネローゼ王国の王都があった街であり、レティシエルの故郷でもあった。

転移魔術でつなげたワープホールをくぐり、レティシエルは遠い過去の記憶をたどって目的の地を踏んだ。

レティシエルが死んでから千年近くが経過している。ローゼンがあの頃のままであるはずはないし、もしかしたら街ですらなくなっているかもしれない。

そういった諸々《もろもろ》の可能性を考慮して、レティシエルが転移先に選んだ地点はローゼン郊外に広がっている平原だった。

転移してきた瞬間には、もう息苦しさを感じた。『古の漆黒』に近づき、それだけ瘴気《しょうき》が濃くあたりを蝕《むしば》んでいるということなのだろう。

重く垂れこめた黒と灰色の霧が、一切の視界を遮っている。おかげで前がまったく見えない。

（さすがにこれでは前にも後ろにも進めないのだけど……）

頭の中に残っている地形の記憶も千年前のものだ。記憶を頼りに手さぐりで進むにも限界がある。

自分の両目に暗視魔術をかける。相変わらず霧は邪魔だけど、暗闇のせいで隠れていた風景はある程度見えるようになった。

霧の向こうにぼんやりと、街並みのシルエットが見える。ひとまずそこを目指してレティシエルは歩き出す。

吹き付ける風からは腐った卵のような臭いがする。瘴気もここまで濃くなると臭覚にまで影響を及ぼすのだろうか。思わずそんなことを考えてしまった。

一歩一歩町へと近づいていく。そんなに高くない石レンガの壁に囲まれたその町は不気味なほど静まり返っていた。

最初の印象は、灰色の町。家や道の素材に石が使われているせいなのか、町全体が無機質な色に包まれている。まるで色のない世界にでも迷い込んだように錯覚してしまう。

空間把握のために術式を起動させる。あまり大きな町ではないらしく、近隣に他に集落らしいものも見当たらない。

装飾もなくただ垂直に延びるだけの家々の壁が圧迫感を醸し出す。千年も経つのだから変わって当然とはいえ、記憶の中の風景と比べると随分と寂れている。

神経を研ぎ澄ませてみたが、殺気のようなものは感じない。ここには呪術兵や呪われた獣たちもいないようだ。

（こんなに瘴気が濃い場所なら敵にとっては都合がいいはずなのに）

なんだか嵐の前の静けさのように思えてしまうのは、レティシエルの気のせいなのだろうか。

中央広場のようなところを通りかかった。相も変わらず寂れた様相だが、中心に立つ石像だけがやけに目立っている。

貴族か英雄の像なのか、立派な恰好《かっこう》をした青年の像だ。なぜか既視感を覚え、レティシエルは思わず立ち止まる。まじまじと石像を観察する。

（……あ、この像、ちょっとジークに似ているのだわ）

既視感の理由はやがて判明した。特に目元などそっくりだ。ジークをもう何歳か若くしたらこんな容貌になるような気がする。

「おーい、誰かいるのかー？」

「！」

石像をじっと見上げていると、どこからともなく若い男性の声が聞こえてきた。

瞬時に空間把握のために展開していた術式の規模を拡大させる。深い霧の向こう側に、こちらに近づいてくる人の気配を感知した。

「なんか光ってるから来てみたら、そこのあんた！　そんなとこで何してるんだ！」

やってきたのは無精ひげを生やした老け顔の男性だった。手に持ったランタンの灯《あか》りが移動のたびに揺れる。

「見慣れない顔だな。こんなときに旅人か――」

霧から抜け出てようやく全身が見えるようになった男だが、なぜか妙なところで言葉を途切れさせた。

「……こいつは驚いた。魔女様の再来に違いねえ!」

「……はい?」

まじまじとこちらの顔を見つめたかと思うと、男はなぜか地面に膝をついて熱心にレティシエルを拝み始めた。

なんだ? この人。

何か不思議な生物でも見ているような感覚で、自分を拝む謎の男をレティシエルは見下ろす。

敵かとも思ったけど、それにしてはあまりに警戒心が薄すぎる。まるで長年待ち望んだ憧れの人に会ったような喜びっぷりだ。

当然、一方的に「俺はロイドです!」と名乗られても、レティシエルにこの男と面識があるはずもない。

(……思い込みの類かしら)

その説が濃厚な気がする。魔女様、とか言っていたし。

ともかくこのロイドという男は、レティシエルを誰かと勘違いしているらしかった。転生の時が来たのですね、とか幸福にお導きください、とか、よくわからない文言を並べている。ちょっと何を言っているかよくわからない。

このままでは話が進まないので、そちらこそこんな霧の中で何をしているのか、と聞いたら、迷える子羊を保護している、といった旨の回答をもらった。

そして特に頼んだわけでもないのに、自分たちが身を寄せている礼拝堂に案内する、なんて言い出した。

「……」

一瞬無視してしまおうかとも思ったが、情報があったほうがいいかと思い直す。

身を寄せている、ということは件《くだん》の礼拝堂には人がいるということだろう。手掛かりになるような話が聞けるかもしれない。

ぐるぐると迷路じみた路地を移動していった先で、墓地に囲まれた礼拝堂を見つけた。

なんとも不吉な立地だ。この男は邪教でも信じているのだろうか。

「俺の家こそ、この町に残された唯一の安全地帯です。このような悪《あ》しき気配など微塵《みじん》も寄せ付けません！　これも全て、魔女様のご加護であります！」

ここへ来るまでの道中、ロイドは延々としゃべり続けていた。ほとんど聞いてはいなかったけど、ずいぶんな自信だな、と心の中でぼんやり思う。

近くまでいってみると、礼拝堂というより半分民家のような外装だった。祈りを捧《ささ》げる空間と居住空間が合わさっているのだろうか、窓からは頼りなく揺れるろうそくの明かりがのぞき、確かに人の気配がしている。

「どうぞ、魔女様！　急いでお入りください」

細く入り口の扉を開けたロイドが、こちらに向かって早く早くと手招きをする。招かれるまま扉に手をかける。

ふと、扉の隙間から堂内に立つ人影を見た。少々よれた褐色のローブに、右目だけを包帯で隠した、少年のような姿。

「？」

見覚えのある容姿に思わず動きを止めると、ロイドに背中を一押しされ、勢いあまって礼拝堂の中に二歩三歩と踏み込んでいた。

そして再び顔を上げたとき、少年の姿はかき消えるように見えなくなっていた。幻覚を見ていたらしい。

（今一瞬、リュートの姿が見えたような……）

あの容姿を見間違えたりはしない。千年前、先生とサラが暮らす家に身を寄せていた少年。レティシエルにとって、もう一人の幼馴染《おさななじみ》。

先生の死を経てサラとともに行方をくらませて以降、消息も知らない。どうしてこんなタイミングで……。

「あぁ、すぐに報告しにいかないと！　今日はいいことがあるぞぉ……。ということはついに俺にも神のお導きが⁉　だったら必要なものが——」

ブツブツと変な言葉を呟《つぶや》きながら、ロイドは慌ただしく奥の扉へと消えていった。最後まで怪しい奴《やつ》だった。

礼拝堂の中を見回す。外から見た印象の通り、長椅子が十個程度しかない小さな礼拝堂だ。長椅子で丸まって横になっている人もいれば、膝を抱えてうつむいている人も。

ロイドが保護してきたという〝迷える子羊〟たちだろうか。少ないとはいえ、この瘴気から逃れられている人がいる事実に希望が持てた。

「びっくりしたな、まだこの町でまともな人が生き残ってたんだね」

入り口に一番近い長椅子に座っていた中年の女性が声をかけてきた。その腕には黒く変色した包帯がまかれている。血の、跡だ。

「怪我《けが》をされているの？」

「大したことはないさ。これでも一応血は止まってる」

女性はそう言って包帯を巻いた手を振ってみせる。確かに傷口は塞がっていた。包帯の色が物々しかっただけらしい。

「あなたは、この町の住人？」

「そうだよ。きみはよそから来たんでしょう？　ローゼンでは見ない顔だ」

「……ではここがローゼンの町？」

「そうだよ。正確にはローゼン＝レナートゥスだけどね」

なんでもここはラピス國《こく》の十四番目の王子が統治している町で、その王子の名前が一部そのまま町の名前に起用されているのだとか。

鎖国期間が長かったラピス國の実情をレティシエルが知らないのは当然だが、ラピス國には首都という概念はないらしい。

王の住まう城を中心として複数の町が集まって国の中枢を成し、その一つ一つの町は王子たちが各々統治する。

「広場のほうに石像があったでしょ。あれがうちらの町の王子様だよ」

石像……あのジーク似の像のことか。

「とはいえジークフリートさまは占星の塔の悲劇で行方不明になられたから、うちらで代わりに町を守ってるってとこだけどね」

「そうでしたか」

名前までジークに似ている。奇妙な偶然があるものだ。

しかし『占星の塔の悲劇』とはなんだろう。名前からして穏やかならぬ雰囲気だが、何か諍《いさか》いでも起きたのかしら。

「きみ、どこから来たんだい？　うちの国、出入り口閉じて久しいからさ、旅人さんなんて初めて見たよ」

「南の方から、個人的な所用がありまして。はじめましてを飾れるなんて光栄ですね」

「いやだね、そんな仰々しいもんじゃないよ！」

よほどよそ者が物珍しいのか、それとも単に人と話すのが好きなのか、女性の声は楽しそうだ。

そのまま相槌《あいづち》を打っていると奥にある一枚の扉が開き、ワゴンのようなものを引いてロイドが出てくる。ワゴンの上にはバゲットの籠がある。礼拝堂に身を寄せる人々に食事を配り歩いているらしい。

そしてパンと同時に、例の魔女様だとか輪廻《りんね》だとかよくわからない話を吹っかけては相手に適当な調子で受け流されている。

「あぁ……ロイドはこのあたりでも有名な変わり者でね。どうも代々変な宗教拝んでる家みたいだけど、実害は特にないから、きみも生暖かく見てやっておくれ」

「はぁ、はい、そうします」

レティシエルも今のところあのロイドという男に危険があるとは思っていないので、しばらく放っておくつもりだ。

女性もまたロイドのワゴンからバゲットを受け取って食事を始めた。長椅子の前から立ち去り、レティシエルは礼拝堂の一番奥へと向かう。

祭壇のような場所には石の女神像と花が添えられた花瓶、左右二つずつ燭台《しょくだい》が簡素に並べられている。

女神像を見あげて思わず顔をしかめる。祈りを捧げるために目の前にかしずく人々を見下ろす女神像の顔は、一つ目の上その目は爛々《らんらん》と紅《あか》く輝く石でできていた。

(やはり邪教信仰でもしているのかしら)

こんな禍々《まがまが》しい女神像があるのかと、かえって目から鱗《うろこ》が落ちるような気分だ。いったいなんの神なのか。

「あ、魔女様その像に興味がおありですか？　それは自分の家が代々引き継いできた家宝の像でありまして、魔女様の姿を模していると聞いてます！」

また来た。背後にロイドが立っている気配を感じる。何やら熱弁をふるっている。

どうにもこの男は、自分が信じる宗教の救世主の姿をレティシエルに見出《みいだ》しているらしい。これまた妙なのになつかれたものだ。

「先ほどから言っている魔女とはどなたのことですか？」

「魔女レティシエル様であります！　巷《ちまた》では殺戮《さつりく》の魔女などとひどい呼ばれ方をされてますが、自分にはわかります！　きっと人々を真なる姿に導くために必要な通過儀礼で、それは大いなる試練のために――」

「……ん？」

突然出てきた自分の名前に引っ掛かりを覚える。前にも似たようなことがあった。

知らない間にレティシエルの名前だけ独り歩きしていたことが。あれは確か旧公爵領聖女レティシエルの伝承を聞いたときだったはず。

（そういえば山脈を越えた向こう側では正反対の伝承が伝わっていると、言われていたような、なかったような……）

プラティナ王国では聖女、山を隔てたラピス國では魔女。精霊の加護を持つ者、なんて不思議な称号を持っていることも、つい最近だが知った。

今となればこの人物も恐らくサラの転生体の一つなのだろうと予想がつくけど、その当時のサラはいったい何をやったのやら。

（そもそも精霊とは対立していたのだから、加護なんてあるはずないと思うけど……）

そんなことを考えながら意味もなく女神像の台座を撫《な》でていると、指先に不自然なくぼみの感触があった。

手をどかしてみると、台座の表面に何やら文字列が彫り込まれている。相当に古く、風化のせいで読みにくくなっているほどだ。

「！」

しかしその文字はレティシエルにとって見覚えのあるものだった。今の世界ではすでに見なくなったが、大陸戦争当時はまだその存在は知られていた。

（これ……旧アストレア文字だわ）

千年前の時点でも古い文献でしか登場しなくなっていた、太古の時代の文字だ。アストレア大陸で最古の文字だとも言われている。

魔術について記された魔導書は、太古より伝わったものも少なくなかった。その解読のために、レティシエルはおのずと旧アストレア文字も読めるようになったのだ。

『姫さまへ　合言葉は輪廻転生の時満ちけり』

そこにはそう書かれていた。姫さま。個々の統治者は王子と聞いたけど、誰かにあてたメッセージだろうか。

「輪廻転生の、時満ちけり……？」

「はっっ！　そのお言葉はもしかして！」

「!?」

刻印された文字をそのまま口に出して呟いてみただけなのに、耳元で響いた叫び声に危うく反撃に出そうになってしまった。

ロイドの目が無邪気に輝いている。彼の中では何かの理屈が通っているのだろう、もはや好きにさせておくことにした。実害が出そうになったらその時だ。

「この像は自分らが代々伝えてきた家宝でありまして、ご先祖がご自分の体の一部を埋め込んだとも言われています！」

嬉々《きき》として語り出すロイド。石像と彼の家系にはさして興味もないが、この文字の由来については気になるところ。

「えぇー、我らの先祖はですね――……」

「その話はあとでいいわ。他に、この文字が読めた人は？」

「一人もいません！　自分も読めません！　教典もこの文字で書かれているので、何と書いてあるのかもわかりません！　だからこれを読める方が現れたときこそ、我らの望む救世の時。やはりあなたこそ我らを救いに導いてくださる魔女様――」

「その教典とやらに興味があるわ。見せていただけるかしら」

「はい！　こちらです！」

信徒が教典を読めない宗教とはいかがなものか。

彼の家が信仰している仮名魔女レティシエル教はどういう教えをしているのかしら。いや、別に知りたいとは思わないけど……。

いそいそと女神像の裏手に回るロイドのあとをついていく。女神像の裏には小さな戸棚が壁付けになっていたが、中はどうやら隠し階段らしい。

狭い戸棚の入り口をくぐって下へと降りていく。少し、いやかなり変な男だが、もしかしたらこの人が一番それらしい情報を持っているかもしれない。

階段の先は半地下の書庫だった。壁の上方に一か所だけ小窓があるが、外が曇天の空なので明かり取りにはちっとも役に立っていない。

机と椅子、紙が積まれた複数の箱、本が並ぶ本棚が数個。教典は棚に並んでいるもので全てだという。意外と多くない。

ロイド曰《いわ》く、本が古くなるたび新しい紙に写本して保存してきたのだという。読めもしない書物をこうも熱心に残そうとしているとは、よほど信仰心が篤《あつ》いと見える。

未《いま》だレティシエルを魔女様と誤認したままのロイドが、何かと世話を焼こうとするのを丁重に断り、レティシエルはしばらくこの書庫に籠もることにした。

魔術と同じく、今の世では普遍的に見られなくなった古代文字。それを書き残した人物と、その文字で紡がれた書物に興味があった。

(何か、手掛かりになりそうなことが少しでもあるといいのだけど)

いろいろな人の助けを借りて、聖霊姫の魂と力は真の意味での覚醒を得た。だけど『古《いにしえ》の漆黒』を封印する手立ては未だ見つけられていない。

力に任せて強引に封印することも恐らく可能なのだろうけど、あまり得策ではない気がする。何せこの世界は今、時間がない。

『古の漆黒』のほかに混沌《こんとん》まで世界を脅かしている。根比べができるような余裕はないだろう。確実な方法があるのなら知りたい。本棚から抜き取った一冊を開く。

『○月×日　ジェルライドからの脱出に成功。しばらくユリエル妃の伝手《つて》を借りてリジェネローゼに身を隠すことにする』

初手から固まった。誰かの日記。しかし登場する単語は全てレティシエルにとってなじみがありすぎるものだった。

「……母様？」

ユリエルという名前の、リジェネローゼの妃《きさき》。一人しか思い当たらない。レティシエルの、母だ。どうしてこんなところに母の名前が……。

この日記の主がアストレア大陸戦争時の人物であることは間違いない。日記に出てくるジェルライド、あれはリジェネローゼの隣国の名前だ。

最終的に、リジェネローゼ王国を攻め滅ぼすこととなった国。文面を見るに、そこから逃げてきた亡命者らしい。

『○月×日　ユリエル妃が住処《すみか》を用意してくださった。あの方には今後とも足を向けて寝られそうにない。ローゼン郊外の家。ここで私は己の罪を償おう』

さらに数日分読み進めてみる。日々の出来事などが淡々と記されていたが、ところどころに『罪』という単語が頻繁に出てくる。罪人か何かだったのだろうか。

『○月×日　快晴。研究の進捗は上々。暮らしぶりには慣れたが、まだ幼い娘には負担と苦労ばかりかけてしまっている。すまない、サラ。不甲斐《ふがい》ない父を許してほしい』

ただの罪人に母が手を貸すはずはないと思うけど、と考えていると、あるページで手が止まった。

「……」

飛び込んできた幼馴染《おさななじみ》の名前に、途端に頭の中でバラバラだった線が繋《つな》がっていく。

多分、この日記の主をレティシエルは知っている。母と知り合いで、首都ローゼンの郊外に住み、サラという娘を持つ男性。忘れるはずがない。

『○月×日　サラが子供を拾ってきた。呪われた目を持った少年だった。胸が痛んだ。この目はきっと私の罪が生み出してしまったもの。しばらく家にかくまおう。研究は思うように進んでいないが、是が非でも急がなくては』

リュートだ。瞬間的にそう思ったと同時に予測が確信に変わる。レティシエルに魔術を教えた先生。これはあの方の日記だ。

『○月×日　今日、娘の先生をお願いしたい、とユリエル妃に打診された。魔術の申し子と誉れ高い、かの王女を教えるなど恐れ多いが、恩人の頼みを無下にもできない。サラといくつも違わないが、年に似合わず利発な方だと常々噂《うわさ》に聞く。私のような罪深い者にそのような重責が担えるものだろうか』

これはレティシエルのことだろう。この日を境に、レティシエルの名前も日記にたびたび登場するようになる。思わず懐かしさに溺れそうになるけど、今は思い出に浸っている場合ではない。

しかし古代文字を知らず中身が解読できないとはいえ、ロイドの家系はこれを『教典』として代々写本して保存し続けていたのだろうか。

何やら執念じみたものを感じる。ただの日記を、千年間も苦心して後世に伝えようと思うものなのかしら。

『○月×日　ついにわかった。私はずっとあの悪魔の本質を見誤っていた。あれは最初から魔素の同族だったのだ』

最後のページはそんな一文で始まっていた。日付は先生が殺された日の前日。

(魔素……？　同族……？)

なんのことだろう。答えを求めて文章の続きに目を走らせる。

『同族ならば封じる手立てもおのずと絞られてくる。今度こそ奴《やつ》を打ち砕く方法を特定できそうだ。最後の一手が覚醒するまでに、なんとかこれを形にしなくては』

何か、予感めいたものを感じた。この『教典』は、先生の研究の歴史そのものだ。それを後世まで伝えようとした者がいた。

先生が突き止めたという『何か』に、レティシエルが望む答えもあるのではないか。漠然とではあるけど、そう思わせるのには十分すぎるほど状況が揃《そろ》っているような気がしてならなかった。

手近の本を手あたり次第取っては中身をめくる。教典の冊数がそこまで膨大ではなかったおかげで、目的の情報はすぐに見つかった。

（……これ、かしら）

魔素にまつわる研究記録がまとめられた書物を開く。そこに書かれていたのは、レティシエルも知らない魔素の実態だった。

ページをめくるごとに、どんどん知らない情報が頭の中に流れ込んでくる。あまりに多いものだから途中から紙に逐一書き残していく。

山のような情報たちを書き留めて整理していき、やがてレティシエルは衝撃的な情報を目にする。

「……魔素が、結界？」

魔術の燃料として使われていた魔素は、本来『古の漆黒』を封印するための結界であり触媒であったという事実だった。

そもそも魔素の始まりは、封印の番人である精霊が、己の体を構築する魔素を触媒に『古の漆黒』を封じる結界を展開させていたことだ。

その力が転じて魔術となり、いつしか人間の手によって独り歩きを始めた。そして魔術最盛期の頃、魔術の生み出す膨大な力を巡って激しい競争が勃発し、魔素の乱用が始まったと、先生が自身の研究者人生を振り返る手記を残していた。

人類が魔術を使えば使うほど、空気中の魔素の濃度は減っていく。それが招くのは封印の弱体化だ。そうして結界をすり抜けて一部の瘴気《しょうき》が世界に拡散するようになる。

瘴気はじわじわと侵食の輪を広げていき、長い年月をかけてついにリュートのような〝赤い目の民〟を生み出すこととなった。それでも瘴気に立ち向かうには、その元凶でもある魔術に人は頼らざるを得ない。

そう考えると、千年前の時点ですでに精霊と人間の交流が絶えていた理由もわかるような気がした。先生が言っていた『罪』とは、きっとこのことだったのだろう。

（では大陸戦争が起きていた頃は、人間が自ら進んで『古の漆黒』の封印を弱めていたということ？）

だとしたら、なんという皮肉だろう。人間の欲望が巻き起こした大戦が、結果として戦争よりも最悪な事態を引き起こしかねなかったということ。

魔術という力も、元は精霊たちが眠りについた聖霊姫の代わりに封印を維持するための手段だったのが、目的がすげ代わって戦争の道具まで成り下がっていた。

その事実に気づいていた人類はどれだけいたのか、いやほとんどいなかっただろう。レティシエルですら、知らず封印弱体化に手を貸してしまった側だ。

先生は魔術研究の第一人者だった。その事実を知って、自分が世界を傷つける研究の一端を担っていたことに愕然《がくぜん》とした。

だからジェルライドから逃げた。良心の呵責《かしゃく》に耐えかねて。そうして逃げてきた先で、罪を償うために悪魔……『古の漆黒』に対抗する手段を模索していた。

ページを進める手が何度も止まりそうになる。千年前には気づけなかった真実に、今になってたどり着いた。それも、最後の切り札として。これこそ最大の喜劇のように思えて苦笑いが浮かぶ。

魔素の正体を知っていれば、魔術はきっと滅んだままでいたほうが良かった。それを、知らずレティシエルはまた蘇《よみがえ》らせてしまった。

そんな自分が最後の鍵を握る羽目になるとは、この魂を縛る運命は千年前に生まれたときからもしかしたらすでに始まっていたのかもしれない。

(なら、魔素を消滅させようとしたサラの目的は、やっぱり『古の漆黒』の復活だったのかしら)

先生の手記を読みながら、脳裏に浮かぶのはやはり、敵としてまみえることになってしまったサラの姿だった。

魔素が『古の漆黒』の封印を維持するための結界であり触媒であること、先生の娘であったあの子が知らなかったとは思えない。それを知った上であの北斗七星陣を発動させた、そう考えるのが自然だ。

しかし、それならどうして『古の漆黒』はサラの名を呼んで怨嗟《えんさ》の声をぶつけているのだろう。魔素という戒めから解放されたのに、あれはむしろ怒っている。

「……」

やはり純粋に『古の漆黒』を解き放つだけが目的ではなかったのかしら。手記の一節を指でなぞりながら考え込む。

そこには複雑な形状の術式の図が描かれている。解読はできるけど、できたところで使い方は不明だ。小さく息をついてページをめくる。

他には赤い目に関する研究もあった。これは瘴気が長期に亘《わた》って継続的に人体を侵食した結果、それに人間が適合してしまうことで変異するものだという。

先天的に赤い目を持って生まれてくる人間はこの条件を満たしていることが多いようで、こうした人のほうが瘴気の侵食に強い傾向もあるらしい。

赤い目が瘴気を介する触媒になることは知っていたが、先天的にそれを得るのと後天的にそれを得るのとでは手に入る機能が異なっているのかもしれない。

同じ量の毒物でも、長い時間をかけて慣らせば体に馴染《なじ》み、一気に摂取すると死に至ることもある。あれと同じ理屈だろうか。

（あの女神像の一つ目、赤い石がはめられていたわよね……）

この家も先ほどから瘴気の侵食をほとんど受けていない。ロイドが自慢していた通り、礼拝堂もこの書庫も、外界のあのまとわりつくような重苦しさとは無縁だ。

もしあれが、盲目王の眼《め》と同じく誰かの目だったものなら、それは先天的に持っていたものだ。瘴気を中和する役割を担っていたとしてもあり得ない話ではないだろう。

聖属性の力を授けられたとき、盲目王の眼だった二つの石は光と無のそれぞれの属性を媒介する触媒として機能し、力の一部として取り込まれた。あの女神像の目が、周辺の瘴気を吸収して相殺しているのだとしたら……。

「あのー、魔女様。教典はお役に立っていますか……?」

ぼそぼそと不気味なささやき声が部屋の外から聞こえる。薄く開いたドアの隙間から、ロイドが片目だけ覗《のぞ》かせていた。

「……」

なんともホラーじみた状況に思考を邪魔された。とりあえずまずはドアを開け放つ。

「ええ、とても。良いものに出会えました」

「あ、そうですか? それはよかったです! ご先祖様もきっと天国で喜んでます!」

ドアの陰から全身をあらわしたロイドが嬉《うれ》しそうにそう言った。

彼の家系がこれらの書籍を引き継いでいなければ、世界の謎を知ることもできなかったのかと思うと、なんとも不思議な縁だ。

「いやー、我が家系の祖先はかつて流浪の旅人だったという話ですが、この教典たちを守りながら相応《ふさわ》しい地をさがしたというのですよ」

この勝手にしゃべり続ける癖も、慣れてしまえばなんてことないような気がしてきた。

「ハッ！　そう考えると魔女様にお会いできたのも、旅の終点をここに選んだリュート様のおかげということになりますよね!?　あぁ、これは感謝の念を込めて改めてかの像に祈りを捧《ささ》げなくては……！」

「……リュート？　あなたの祖先はリュートというの？」

「んあ？　あ、はい、そうだって聞いてます！　あ、でも言われているだけなので、本当のところはなんとも言えません！　どうなんだろ？　俺の記憶違いじゃなければ多分合ってるはずだと――」

あごに手を当てながら、ロイドがうんうんと考えこむ。

その手の甲に見知った紋章が見えた。ツバルの手にもあった『探究者の一族』であることを示す紋章だ。

思わず小さく息を呑《の》む。一族としてのまとまりはすでに瓦解し、大陸に散り散りになったからもう誰が構成員なのか互いにもわからないというが……。

（リュート……もしかして、あなたが『探究者の一族』の始祖なの？）

とっさにそんな想像が頭をよぎる。

リュートの子孫かもしれない者の手に紋章があったから、という安易な理由だけど、そうであったらいいいな、と思っている自分もいた。

ドゴォォン。

突如、沈黙を貫く轟音《ごうおん》がとどろいた。凄《すさ》まじい揺れが足元を襲い、ミシミシと壁が音をたてる。

「な、なんだぁ!?」

「ロイド、礼拝堂にいる人たちを避難させて。表は私が見てくるわ」

返事を待たずにロイドを置いて、レティシエルは階段を駆け上がって礼拝堂まで戻る。

建物には目立った傷はついていないようだったが、先ほどの衝撃のせいか窓の硝子《ガラス》が軒並み割れている。

逃げまどっている人々の間を縫って外に出る。礼拝堂の立つ丘の斜面が一部えぐれている。どうやらここになんらかの攻撃が飛んできたらしい。

「見ぃつけた」

そして丘のふもとに、こちらを見上げている人影が一つ。

茶色のガラスの片メガネを指で押し上げ、レティシエルを見つけたジャクドーが狂気を孕《はら》んだ笑みを浮かべていた。

五章　因縁の地で待つ

黒い霧に包まれた町で、レティシエルはジャクドーと対峙《たいじ》していた。

最後にこの男に会ったのはルクレツィア学園。国王オズバルドから託された盲目王の眼を狙ってきたときのことだ。

あのときから、サラとは袂《たもと》を分かっているのだろうと思っていたけど、よもやこんなところでまた会うことになるとは……。

「どうして、あなたがここに？」

「野暮なことを聞くんだねぇ。お前に用があるからに決まってるだろ？」

口元には笑みが浮かんでいるが、そう言ってこちらを凝視し続けるジャクドーの目は笑っていない。

眼差《まなざ》しの奥に見え隠れするのは狂気と渇望。隠す気もなく正面からぶつかってくるその感情にかすかな違和感を覚える。

（ジャクドーって、こんな直情的な奴《やつ》だったかしら？）

もっとこう……回りくどくて陰湿でいけ好かない感じだったような気がするけど、今はどちらかというと切羽詰まっているように見える。

右目にかけた片メガネのガラスの向こうに赤い光が見える。そういえば、この男も『ドロッセル』と同じで赤い目を持つ者だった。

あんな風に、あの男の目が光っている様を見るのは初めてだ。何かに呼ばれて引き寄せられる、とうずく目を押さえて語っていたロシュフォードを思い出す。

赤い目は、その間接的な親たる『古《いにしえ》の漆黒』と近しい存在。親が復活した以上、子は必然的に親に引きずられていくことになる。個人差は当然あろうが、抗《あらが》えず呑み込まれた先に待つのは、きっとミルグレインのような末路だろう。

レティシエルにその現象が発生していないのは、おそらく聖霊姫の魂を持つ者だからだろう。その条件に、ジャクドーは当てはまらない。

彼ももしかしたら、ロシュフォードが聞いていたものと同じ声が聞こえているのかもしれない。時々ここではないどこかへジャクドーの視線がそれるのを見て確信した。その方角には、『古の漆黒』がいる。

「なんの用があるのかは知らないけど、あなたの相手をしている暇はないわ。そこを通していただける?」

「相変わらずつれないなぁ。お前に用があるって言ってるんだけど」

「あら、事が全て済んだあとで良ければ聞いて差し上げるわ。あなたこそ何を焦っているのかしら」

「……本当に、口の減らない奴だねぇ～」

ボソリと零《こぼ》した低い声に苛立《いらだ》ちの色が混じっていたのを、レティシエルは聞き逃さなかった。

この場をどうやって切り抜けようかと思案していると、ジャクドーのほうが動いた。深く地面を蹴り、一瞬で距離を詰めてくる。

その腕にまとった黒い炎のようなものに、瞬間的に前方に結界を展開する。攻撃が結界に弾《はじ》かれ、金属音に似た耳障りな音があたりに響く。

「じゃあ、無理やりお相手願おうかな、我が子孫」

「……乱暴なご先祖様ね」

「それはどーも、お褒めに与《あずか》り光栄です」

聖属性の光に腕を焼かれる前に距離をとり、ジャクドーが獰猛《どうもう》な笑みを浮かべる。

やっぱりいけ好かないところは変わってないみたいだ。きっと性根に染みついて取りようもないのだろう。

どうやら是が非でもレティシエルを行かせたくないらしい。続けて飛んできた二度目の炎を同じく結界で防ぐ。

間髪を容《い》れずに巨大な黒い獣が襲い掛かってくる。ジャクドーが呪術で呼び出した瘴気《しょうき》の具現化だ。

盾代わりに展開したままの結界を維持しながら、手のひらに術式を集中させる。右手に光が集まり、やがてそれはまばゆい光の剣をかたどる。

その剣を槍《やり》のように構えて突き出す。切先は結界の壁をすり抜け、まっすぐ獣の脳天に突きささる。断末魔の叫びがとどろく。

そのまま体内まで刃をめり込ませると、獣の体を内側から裂くように光が炸裂《さくれつ》する。それは瞬く間に獣の全身を呑み込み、細かな粒子にまで分解して消えた。

スフィリア地方の谷で聖霊姫の魂を解放したからか、以前にも増して聖属性の力が体に馴染んでいた。今では息を吸うように自在に操れる。

「……ふぅん、道理でダンナがお前にご執心なわけだ」

粒子が晴れた向こう側にジャクドーの姿が見える。ニヤリと三日月形の笑みを顔に張り付け、冷たく細めた瞳をこちらに向けている。

警戒態勢を解くことなく睨《にら》み合う。まるで商品の品定めをするようなジャクドーの眼差しに、かすかな嫌悪感を覚えた。

「ますます、ほしいねぇ～」

「……？」

小さく呟《つぶや》かれた言葉だったが、向かい風に運ばれてきたのか運悪くそれはレティシエルの耳にまで届いた。

(……『ほしい』?)

ジャクドーの口からその三文字が飛び出るとは思ってもいなかったから、思わず眉をひそめる。

状況を考えるに、それは明らかにレティシエルに対して言った言葉だろう。しかし、なぜこの男がレティシエルをほしがるのだろう。理由がわからない。

ジャクドーがまた動く。攻撃パターンが再び変わる。無数の黒い霧の塊のようなものがレティシエル目掛けて一斉に放たれる。

耳を裂くような金切り声はその塊の声だろう。高速でこちらに迫るそれらの表面には、黒々とした貌《かお》のような陰が刻まれている。まるで苦しみ悶《もだ》えて叫んでいるような顔。

レティシエルの周囲を白い光の輪が取り囲む。レティシエル自身が出現させた、聖なる力を宿した刃の輪だ。

光の輪はあたりに火花をまき散らしながら大きく大きく膨らんでいく。それはレティシエルの意識に沿って縦横無尽に宙を駆け、霧の塊を次々両断していった。

断末魔の声。切り裂かれた霧が霧散していき、刃から逃れた塊が空中をのた打つように暴れ回る。一つ残らず撃ち落としていく。

ちらと背後の礼拝堂に意識を向ける。出会い頭にジャクドーが放った攻撃によって丘の表面がえぐれた以外、目立った被害はまだ出ていない。

（女神像の目に、術式を付与してくるべきだったかしら）

あれがリュートの瞳だった赤い石なら、レティシエルの目と同じく触媒として機能するはずだ。

状況確認に急ぐあまりそちらまで気が回らなかった。ここを立ち去るときは必ず浄化と結界の術式を織り込めておこう。

「この状況でよそ見なんて、ずいぶん余裕そうだね」

すぐ近くで、まとわりつくようなねっとりとした声がする。振り向かずとも、声の主はわかった。

背後から例の金属音に似た音が響く。たった数秒前にレティシエルが展開させた結界に攻撃がぶつかる音。

「ふぅん、まだこんなに戦えるんだ。しぶとい」

その言葉にようやく振り返ると、ちょうどジャクドーが飛びのいてレティシエルから再び離れていくところだった。

「……なんのために、私をつけ狙う？」

「今のお前なら、いい器になるだろうからさ」

「……器？」

「あの女の器として」

あの、女……？　一体誰のことだ。サラのことを指してはきっといない。

ジャクドーはサラのことをずっと『ダンナ』と呼んでいた。反旗を翻したとて、急に呼び名の性別まで変わるとは思えない。

「何を望んでいるのかは知らないけど、この体を明け渡す気はないわ」

「だから戦ってるだろ？　お前の意思など聞いちゃあいない」

ジャクドーの顔に浮かぶ三日月形の笑みがいっそう深くなっている。少しずつ、箍《たが》が外れてきているような、危うい気配が漂い始めている気がした。

大きく地面を蹴ってジャクドーが空に舞い上がる。その影が通っていった虚空から次々と漆黒の槍が現れ、レティシエルに向かって槍の雨を降らせる。

足元に巨大な光の魔法陣が広がっていく。黒い槍を目にした瞬間、内からあふれ出す聖なる魔素が本能のように宿主を守っていた。

豪雨のように降り注ぐ瘴気の槍は、しかしレティシエルの下までは一本も届かない。レティシエルを守るようにドーム状に輝く結界にぶつかっては砕け、黒い粒子を真っ白に染めては光の矢として再構築され、ジャクドーへと跳ね返っていく。

足元の魔法陣に、三重の結界を込めた。浄化と守護と、反転。うち二つの効果については言わずもがな、三個目の効能は文字通り反射だ。

その結界で受け止めた攻撃を、攻撃者にそのまま跳ね返す術式。だからジャクドーの放った槍たちは浄化と再生を得て、今度は逆に彼に牙をむくこととなった。

壁や屋根を蹴って縦横無尽に逃げるジャクドーのあとを、光の矢の渦がぴったりと追尾している。魔法陣を通じて、あの矢は今レティシエルのコントロール下にある。

術式の強度を増し、矢の飛ぶ速さを底上げする。ジャクドーとの距離は瞬く間に縮んでいき、光の洪水に包まれて爆発が起きる。

(やった、かしら……？)

爆発地を観察する。そう思ったのは一瞬で、生命の気配が消えていないことにすぐその思考を打ち消す。

黒い光の尾を引きながら何かが地に墜落し、鈍い衝突音と土煙を巻き上げる。姿が見えずともそれがジャクドーだとすぐに分かった。

煙を突き破って漆黒の弾丸が飛び出す。残像のように赤い光がまたたき、それがジャクドーの赤い右目だと気づいたのは結界が瘴気の爆発を遮ったあとだった。

ジャクドーは血だらけだった。額を切ったのか頬に血が伝い、口の端や首元にも赤黒いものが付着している。それでもその瞳だけは狂気に憑《と》りつかれたままだ。彼の中で、撤退するという選択肢は一切合切消去されていた。

凄《すさ》まじい執念を感じた。この男、なぜ今になってこんなにレティシエルに執着し出したのだろう。これまで、そんな気配は微塵《みじん》もなかったというのに。

「……どうして、そこまで必死になっているの？」

「必死？　僕が？　ははっ、まさか」

乾いてかすれた笑い声をあげるジャクドーが、急に壊れかけた人形のように見えて目を見開いた。

血の跡をたどるように頬から、首から、口元から、黒い刺青《いれずみ》のような模様がジャクドーの肌を這《は》い始める。未《いま》だ笑ったままのジャクドーの赤い目は、模様の広がりと同時に着実に輝きを強めていた。

「かしずかせたいだけだよ。あの虫けらを見るような眼差《まなざ》しをへし折って、僕のものにするためにね」

それが瘴気による侵食だとレティシエルには理解できた。ミルグレインが呑《の》み込まれた渦が、ジャクドーの身にも侵略を開始している。

赤い目が一等星のようにまがまがしい光を宿す。厚い雲に覆われて見えなくなった空に、かつて昼夜問わず浮かんでいた赤い凶星が地上に落ちてきたような錯覚を覚える。

「……ついに自分まで見失ったようね」

「そう、その目……その目だ！」

その目に不穏な光を宿らせたままジャクドーの視線が不安定にぶれる。レティシエルを見つめているようで、そこには何も映っていない。

会話が噛《か》み合わない。自我が少しずつ崩壊し始めている。だけどジャクドーはレティシエル越しに何かが見えていたらしい。

「ノウンも、同じ目で僕を見ていたよ。畜生以下のものを見る、人を人とも思っていないような蔑んだ目つき。はらわたが煮えくりかえるような思いだったよ。あの女も、ダンナの支配下にあった所有物だったくせに」

知らない女性の名前。それがジャクドーにとって意味のある名と存在であることは、その興奮した声色でわかった。

「きっかけはささいなことだったさ。王家打倒を目指す盲目の女革命家の勢力に、僕が転がり込んだのさ。僕は楽に器用に生きたい。だから強者に媚《こ》びを売ることをなんとも思わない。死にゆく王家にしがみつくほど、無駄なあがきはなかったからな」

相当にため込んだ思いのたけがあったのか、それとも瘴気の侵食で歯止めが利かなくなってきたのか、ジャクドーの声は止まらない。

「あれは美しい女だった。ダンナが人工的に作っただけあって人形じみていた」

それは遠い数百年前の記憶とつながっていた。

目の前にいるこの男は、今の王家につながるアレスター朝の始祖盲目王のもと、革命に尽力していた男だ。

プラティナの英雄であり、ドロッセルの家系に連なる先祖でもあった。そんな男が名を語る、盲目の革命家……。

「……盲目王の話をしているのね」

まさか女性だったとは思わなかったけど、レティシエルの言葉に対してジャクドーは反応を示さない。その目に浮かぶのは、愛憎入り混じった混沌《こんとん》とした光だった。

「人間たちの期待と忠誠を一身に受け、希望を授ける美しき盲目の女王。是が非でも屈伏させたかった。あの傲慢の目を下して、僕のものにしたかった。何が何でも」

「……」

「なのにあの女は勝手に死んだ。最後まで僕を嗤《わら》ったまま、自分だけは満足したように死んでいった。私は世界を救えたんだ、なんて言って。腹立たしいったらないよねぇ。所詮予定調和の決められた命だっていうのに」

決められた命、定め。なんだか自分のことを言われているような気分になる。

聖霊姫を宿した魂は、多分『古《いにしえ》の漆黒』との戦いを義務付けられている。レティシエルでなかったとしても、皆同じ旅路を歩むだろう。

それでも死に際に世界を守れたと心から思えたのなら、盲目王はきっと己の人生を生き切れたのだと胸を張れたのではないか。たとえ用意されていた通りの人生でも、そこに確かに自分の意志が介していたのだと……。

「私を手にしたところで、盲目王の代わりにはなれないわ」

「なれるさ。ダンナに作り出せたんだ、ノウン・アレスターを僕が作れない道理はないだろ?」

一瞬だけジャクドーの瞳に正気が戻る。しかしすぐにそれは虚《うつ》ろな灰色に塗りつぶされ、純粋な執着が再び顔を出す。

「占星の塔……あの始まりの地に行けば、ノウンを蘇《よみがえ》らせられる」

「……」

その名前はつい先ほどロイドから聞いたばかりだった。

「本当はあの女の両目を素材にして一から培養するつもりだったが、取り込まれたとなってはしょうがない」

素材だとか培養だとか、ずいぶんと不穏な単語ばかり続いている。

占星の塔が何をするための施設なのかレティシエルは知らないけど、まともなことが行われていないことは確からしい。

「ならば、それを取り込んだお前で代替しよう。ノウン、君は俺の手によって復活するんだよ。今度こそ、君を僕のものにしないと……」

足取りがおぼつかなくなっている。黒い根のように皮膚の上を這う瘴気《しょうき》の影は、壊れた笑みを浮かべるジャクドーの顔まで侵食を始めていた。

もはや彼にはレティシエルの姿さえ見えていないような気がする。完全にレティシエルを、ノウンと思い込んでいる。

ただの愉快犯なら、ジャクドーがこうしてレティシエルに狂気を剝《む》き出しにすることはないはずだ。

この男にも、理由があったのではないか。数百年の間、サラの周囲をうろついてとどまり続けて、転生を繰り返し続けてまで手に入れようとした『何か』が。

（……これなの？）

これが、その理由だというのだろうか。己を顧みることがなかった女性への愛憎が、彼の執着を引きずり出しているのだろうか。

ジャクドーの意識はすでに瘴気によって完全に侵食されている。白目まで真っ赤に染まった、もはや人の目とは呼べない化外の眼《め》がそれを如実に示している。

だけど自我を失《な》くしてなお、盲目王の名と彼女への言葉を吐き続ける彼は、いっそ悲しいくらい滑稽に見える。ただ、憐《あわ》れだった。

「……私は、あなたのものにはならないわ」

積年に焦がれる思い、引き剝がせない鎖。レティシエルにだって覚えがある。祖国を守れなかったこと、ナオを守れなかったこと、その罪を忘れたことは一度だってない。

「それでも前に進まなければ、何も変えられないのだから」

部分的に分かり合うことはできるかもしれない。だけど運命を受け入れて、立ち止まらないと決めたのは、ほかならぬ自分。

「だから、ここで引導を渡す」

ジャクドーが何か叫んでいる。それは既に意味のある言葉の羅列ではなくなっていた。

その体から瘴気があふれる。大地を汚し、空を隠し、かの者の執念を体現するようなどろりと重苦しい闇がレティシエルに牙をむく。

両手を合わせ、祈りを捧《ささ》げるようにゆっくりと指を絡める。瞳の奥に刻まれた文様が白金の輝きを放ち、闇を切り開いて光がこの身に集う。

暗闇に覆われた大地に、星の光が降り注いでいた。流れ星のようにこの手に集まってくる光を束ねる。

レティシエルが一歩歩くごとに、足跡を残すように一つ、また一つと純白の魔法陣が大地に刻まれていく。それらは蕾《つぼみ》が花開くようにゆっくりと周囲に浄化の息吹を広げ、振り向けばまるで白い光の花咲く道のようだ。

聖なる光は、レティシエルの心の機敏一つで体の一部のように動いてくれる。魔法陣が放つ浄化の術式は一つに縒《よ》り合わさり、白き狼《おおかみ》の姿を形成する。

ジャクドーの体を包む瘴気が吠《ほ》える。漆黒のドラゴンをかたどったそれが羽ばたきを繰り返すたび、あたりに舞い散る瘴気が家々の壁を焼く。

狼が宙を舞う。ドラゴンが急降下する。白と黒が空中で交差し、視界を焼き尽くさんばかりの強力な光を放つ。嵐がローゼンの町をうねりに巻き込み、どこかで屋根が吹き飛んだような音がした。

光に呑まれる直前、ジャクドーの姿を垣間見《かいまみ》た。その横顔が少し微笑《ほほえ》んでいたように見えたのが、唯一の救いのように思えた。

白い光のヴェールが晴れていく。ほどけていくヴェールの残滓《ざんし》が、伸ばしたままのレティシエルの手をそっと撫《な》でる。

手には、かすかに光る白い砂の残骸があった。そっと手のひらを傾けるとサラサラとゆっくり流れ落ち、虚空に溶けて消えていった。

二人は混沌の底で会えるだろうか。逢《あ》えたらいい。その程度の奇跡くらいは、無責任に祈ってあげてもいいはずだ。

「……行こう」

『占星の塔』へ。そこに行けば、知りたいことを知れるような気がした。

開いていた手をぐっと握りしめる。足元から混沌と瘴気の気配がする。世界の悲鳴が運命を急《せ》かしている。

確かめなくては。『古の漆黒』と対峙《たいじ》する前に、あの子が……サラが、なんの目的を持ってこの世界で暗躍しているのか。

過去と向き合う瞬間が、すぐそこまで迫っていると、虫の知らせに似た予感があった。

＊＊＊

礼拝堂の女神像に浄化と結界魔術を施すことを忘れずに、レティシエルはローゼンの町を発《た》った。

向かう先は『占星の塔』。ジャクドーが始まりの地と呼んだ場所。ローゼンの町の城壁の外へ出て、レティシエルは転移魔術を起動する。

その塔の場所を、レティシエルは知っていた。正確には、『占星の塔』をロイドに尋ねたところ、たまたまレティシエルにゆかりのある場所だった。

転移が作動し、周りの景色がぐにゃりと一瞬ゆがみ、次の瞬間には全く別の風景に変わっていた。

遠くに霞《かす》んで見えている塔が、件《くだん》の場所であろう。そのさらに奥には朽ちて廃墟《はいきょ》のようになった巨大な城。ラピス國《こく》の王城であろう。

レティシエルは今、城門のような場所の前に立っていた。門が壊れたのか城への入り口は無防備にも開けっ広げになっている。

壁もところどころ風化して崩れ、ずいぶん前から城の体を成さなくなっていたのだろうと容易に想像できた。

そのボロボロの壁に紛れて、見覚えのある瓦礫《がれき》が散乱しているのが見える。当時最高ランクの強度を持ち、この石材で城壁を築き上げていた城があることをレティシエルは知っている。

（リジェネローゼの、王城跡……）

かつてレティシエルが生まれ育った場所にラピスの王城がそびえ、そこが最後の決戦の場になるとは皮肉も良いところだ。

開け放たれた城門をくぐり、雑草が生い茂るかつて庭だったであろう広場を歩く。遠くには無数の塔が槍《やり》のようにそびえ、人の気配はかけらもない。

『占星の塔』が近づいていく。ピシャリと空に稲妻が走り、雷を背に立つ灰色の塔は一層禍々《まがまが》しい気配を放っている。

占星の塔は、ラピス王家が直轄で管理していた国内最高峰の研究機関だったと、ロイドが言っていた。けどあるとき重大な事故が発生し、以降は急速に衰退していった。

リジェネローゼの王城と同じく、小高い丘の上に建つラピス王城。そこへ至る丘の中腹に塔はそびえている。

「……」

塔のふもとまでやってきた。灰色の煉瓦《れんが》が積み上げられた丸い壁には蔓《つる》や蔦《つた》、茨《いばら》などが我先にと競うように縦横無尽に自分の陣地を広げている。

（……空間のゆがみを感じるわね）

これまた蔦に半分以上隠されてしまっている塔の入り口、その向こうから術式の気配を感じる。

昨日や今日に張られたものではない。もっと長い歳月、ずっとここにあったものだ。補修と強化の繰り返した跡があちこちに残っている。

ひざ丈ほどまで育った雑草たちを踏みしめて、塔の入り口の前に立つ。

空間のゆがみがすぐ目の前から気配を漂わせている。この扉に何かほどこされているらしい。

手をかざし、扉の封印をこじ開ける。バリバリと板をへし折るような音を響かせ、虚空に割れたようなひびが走ったと思えば、次の瞬間には砕け散った。

目の前には、先ほどと寸分変わらぬ様子の塔の扉。だけど感じていたゆがみは消滅している。錆《さ》びて朽ちかけた鉄の取っ手を摑《つか》み、思いっきり力を込めて引き開ける。

カビと錆びた金属の臭いが混ざったような、妙に不快感を想起させる風が塔の中から吹き付けてくる。

もう長いこと閉ざされて空気が巡っていなかったのだろう、そんな荒廃した気配が伝わってくる。

扉の縁を踏み越える。占星の塔の中は薄暗かった。窓もないのか、あるいはつぶされているのか、内側に差す光はない。

光のオーブを明かり代わりに頭上に浮かべる。丸い形をした塔の内部は、壁に沿ってぐるりと渦を巻きながら螺旋《らせん》階段が上下に続いていた。

上へ行く階段は老朽化で既に崩落してしまっている。見上げると遥《はる》か頭上にドーム状の屋根のような残骸が見えた。かつては展望台の類だったのかもしれない。

螺旋階段に囲まれた中央の空間は、塔を貫く吹き抜けとなっていた。鎖のようなものが垂れているのは昇降機の跡だろうか。下方から生温《なまぬる》い風が吹き上げている。

オーブを下へと向ける。下へ降りる階段は、見たところ崩壊を免れているようだ。足元に気をつけながら、慎重に下っていく。

延々と無機質な石壁と階段だけが続く。無心になって下っていると徐々に目が回りそうになってくる。

もう何周塔の壁を回ったか両手で数えられなくなった頃、オーブの光の先に床を見つけた。一番下に、たどり着いた。

そこは巨大な地下空間だった。あまりの高さに天井の縁が全く見えない。石の床を打つ足音が甲高く反響する。どこかでポチャンと、水の滴る音がした。

オーブを一回り大きくする。そうでないと周囲を見回せそうもないほどの暗闇。柔らかい光が広がり、地下空間の内部をぼんやりと照らし出す。

（……何の研究施設だったのかしら）

ジャクドーの話から拾った片鱗《へんりん》から鑑みるに、さしてまともな研究はしていないように思う。

光に浮かび上がったのは、無数に立ち並ぶ水槽のようなガラス器具の残骸だった。見える範囲だけでも数十個はある。大きさは……人一人ちょうど入りそうな大きさか。

床に散在するガラスの破片はほとんど原形をとどめていないが、時々元のフラスコの形のまま転がっているものもあった。

いったい、ここでは何が行われていたというのだろう。

ロイドに聞いた話では、かつてはラピスの名のある研究機関だったというが、ジャクドーは不穏なことも言っていた。盲目王を蘇《よみがえ》らせられる、とも。

（それではまるで死者蘇生《そせい》ができるような言い分よね……）

そんなことを思いながらガラス器具の間を歩いていると、ふと光の中に白っぽい何かを見つけた。

近付いてみるとそれは古びた紙きれだった。かなりの年月が経《た》っているのであろう、黄ばんでよれてボロボロになって、まともに読めそうな部分はわずかだ。

（え……）

そのわずかな部分に残されていた文字を目で拾い、レティシエルは目を見開いた。そこに、衝撃的な内容が書き記されていた。

「思いのほか遅かったじゃないか」

暗がりから中性的な少年の声があがる。聞き覚えのある声に二度目の衝撃を受ける。

正直、スフィリア地方で影を見たときから、行く先に彼がいるだろうことは覚悟していたけど、まさかここで会うことになろうとは……。

声のした方向を振り返る。オーブに照らされた範囲の外、暗がりの向こうに見知った黒い髪が見えた。

（……ジーク）

その顔には、変わらず彼らしくない不気味な三日月形の笑みが刻まれている。

「……あなたは誰」

そこにジーク自身の意識がないことは、最初に姿を見たときから察していた。何者かが、ジークの体を乗っ取っている。

ジークの顔に浮かんでいた気味の悪い笑みが一層深くなる。ククク、と陰険な笑い声が漏れ聞こえてくる。

「ひどいな、そんな愚問を私に吐くの？」

「！」

突然、聞こえてきていたジークの声が、少女の声に変わる。

いつの間にかジークの肩にぼんやりと光が集まり、一人の少女が背後霊のように肩口から半身をのぞかせていた。

白い髪に赤い瞳。髪色も目の色もまったく違う。だけどその声も、まとう雰囲気も、千年前に親しんだ幼馴染《おさななじみ》のものと同じで……。

（サラ……）

その姿と対面するのは千年ぶりだった。あれはおそらく、魂が具現化した姿だろう。それがジークの体を乗っ取り、意のままに操っている。

少し……精霊に似た気配を感じるのは気のせいだろうか。北斗七星陣の影響で、精霊はすでに眠りについた。あり得るとしたら目の前の彼女だろうけど……。

「どうして、あなたがこんなところに？」

「古巣に帰ったにすぎないよ。ここは私のための研究所だった」

慎重に意図を探る。今、目の前にいる魂のサラが、どこまで敵なのか判断がつかなくなっていた。

『古《いにしえ》の漆黒』を蘇らせ、世界を絶望に陥れたという意味で、彼女は間違いなく敵だろう。

しかし一方で『古の漆黒』にはなぜか恨まれている。

この奇妙な矛盾を無視できるほど、レティシエルはお気楽な頭をしてはいなかった。

「……あなたの、ため？」

「そう。大量の駒を生み出すには相応の設備と労力が必要となるからね。その辺の人間を連れてきて後天的に呪術に適合させるより、最初からそういう風にできている人間のほうが都合がいいものでね」

嫌な予感がした。呪術に順応する駒を生み出す、とサラは言った。その駒とはつまり、呪術兵のことだ。

ミルグレインのように後天的に力を獲得する以外は、ドロッセルのように先天的な赤い目が必要になる。

しかし赤い目は希少。そうなると大量の手駒を用意する方法は、おのずと限られてきてしまう。

（まさか、ここにあるガラス器具は……）

人を人工的に作り出すための道具なのだろうか。脳裏をよぎった仮説に、猛烈な嫌悪を感じて顔をしかめた。

「その、まさかだよ」

ジークの肩に頬杖《ほおづえ》をつき、レティシエルの胸の内を見透かすようにサラが笑う。

「お前だって、盲目王が私の作品だと知っているだろうに。ここで私が、私のための肉体を作っていたとして何を驚くことがある？」

そこには一寸の罪悪感もない。非人道的な行いに手を染めていても、その目に自分の罪を省みようとする意志は見えない。

それだけ、彼女が己の計画の成就に対して抱き向けている執念は凄《すさ》まじいのだろうか。

「……ラピスの王家は、あなたのお人形だったの？」

つい先ほど、古びた紙面から拾い上げた単語と疑問をぶつける。あの紙に書かれていた単語のうち、意味のあるものとして読み取れたのは一つだけ。

王族製造依頼書。

あまりに不穏すぎる文字列。まるで誰かが王族そのものを作り出しているようだった。

サラの表情に驚きも動揺もない。それはあの文字が本当に文字通りの意味であることを示していた。

「今日はやけに質問が多いね。まぁ、いい。答えてあげる。そうだよ、この国の王族は、一人を除いてぜーんぶ、ここで私が作った実験体だ」

面倒そうに顔をしかめながら、手品の種明かしでもするような軽さでサラが言う。

「元々は特定の器のために、盲目王を試作したのが始まり。私の作った奴《やつ》らが王族として祀《まつ》り上げられることになったのは計画外だったが、余ったものは呪術兵にでも利用すればいい。実にいい隠《かく》れ蓑《みの》だったよ、この国は」

ラピス國《こく》の最高研究機関とされていた場所が、サラの呪術兵生産の中心地であった。知らなかった事実ばかりが飛び出し、もはや驚いている暇もない。

このラピスという国も、サラにとっては便利な駒だったのだろう。世界の深くまで侵食しているサラの計画とやらに、薄ら寒さを感じる。ここまで大陸全土を巻き込んで、彼女はいったい何をしようというのだろう。

「まさか自分の手で生み出していない体が、計画の上で最適の素材になるとは少々予想外だったけどね」

トントン、とサラがジークの肩を指先で叩《たた》く。まるで自分の所有物を誇示するように。

「……その体はあなたのものではないわ」

「けどこれの父親は私のものだった。ここの水槽で私が作ったんだからね」

また、初めて聞く情報。ジークの養父だったドゥーニクスのことは知っている。だけど実の父親は、知らない。

「脱走してよそで王子をこさえてくるとは思わなかったが……まぁ、結果としてはずいぶんと役に立ってくれたものだよ」

無抵抗なジークの頬を指でつつきながら、サラはまた愉快そうに肩を震わせる。

「これは器だ。来たるその時まで、私の魂が食われてしまわないために、避難場所が必要だった。あれに勘付かれないような場所がね」

いったい、誰に魂を喰《く》われる心配があったというのか。サラのいう〝あれ〟とは何を指すのか。ここまで来てなお、サラの言葉には謎ばかり秘められている。

「この体は私の魂の仮宿として調整されていた。計画通りに動けるよう、必要な情報も植え付けていた。私が入ればすぐ思い通り操縦できる。そういう、盟約だったんだよ」

「……なんのこと？」

「今となってはお前が知る必要もない。関係のないことでしょう？」

どうやら本気で教えるつもりはないらしい。レティシエルも、特に深く追及するつもりもなかった。

確かにサラの言う通り、それは今では〝関係のないこと〟だ。聞きたいこと、知りたいことは、そんなことではない。

「あなたの目的は、『古の漆黒』の復活？」

「そうだよ。魔素を消し、精霊を滅し、『古の漆黒』を世界に蘇らせる。そのための千年だった」

「……本当は、何を望んでいるの？」

「……」

レティシエルの問いかけに、サラは答えない。ただ意味ありげに笑みを浮かべている。

それが真の目的だというのなら、『古の漆黒』がサラに恨みをぶつける必要はないはずだ。奴の復活の先に、まだ別の目的がある。確信に近い予感だった。

言葉もなく視線だけが絡み合う。警戒を込めて目をそらさずにいると、ふと視界からサラの姿が消える。

「お前だよ、レティシエル」

赤い瞳が間近に迫っていた。いつの間にか目の前まで移動してきたサラが、至近距離でそう囁《ささや》く。

虚を衝《つ》かれて息を呑《の》んだが、直後サラの姿はまた闇にかき消されていなくなっていた。かすかに耳元を女の笑い声が通っていったような気がする。

――因縁の場所で、お前を待つ。

その笑い声に紛れて、まるで内緒話でもするように小さなささやき声を耳に拾っていた。とっさに片手で耳を塞ぎ、振り返る。

(……私?)

サラの本当の目的は……レティシエル。そういう意図にしか聞こえなかった。

周囲を見回してみても、もう誰の気配もしない。遠くにジークが倒れているのが見えて我に返る。サラの精神支配からは解放されたらしい。

急いで駆け寄り、床に投げ出されたジークの手を握る。冷え切ってはいるが、皮膚の下で血液が脈動している感触がした。

大丈夫だ、ちゃんと生きている。それを確認してホッとした。

今しがた聞いた話たちが、まだ頭の中を忙しく巡っている。ジークの出自、ラピス國の成り立ち、サラの真の望み。

闇と瘴気《しょうき》は着々と世界を呑み込んでいる。残された時間は少ない。目覚めるまでそばについていてあげたい気持ちはあったが、レティシエルはそれを振り払う。

今は一分一秒が惜しい。ジークのことは心配だけど、一緒には連れて行けない。握っていたジークの手を、胸の上にそっと戻す。

「！」

自分の右手が光っていた。いや、右手ではない。右手首につけた、ブレスレットが光っている。これまで、何かに反応したことは一度もなかったのに。

王国を発《た》つ直前、メイに託された太い金のブレスレット。中央の台座にはめられた黒真珠が、その色とは反対に純白の輝きを放っていた。

茫然《ぼうぜん》とその輝きに見入っていると、黒真珠に変化が現れた。色が、少しずつ抜け始めたのだ。

それはどうやら黒真珠ではなかったらしい。黒色が抜けていき、透明なガラス玉のような水晶へと姿を変える。

その奥に、小さな三角形を見た。水晶に閉じ込められるように、ガラス質の壁の向こうに浮いている。

（……あぁ、そういうことだったのね）

それは見覚えのある図形だった。脳裏をよぎるのは、ルクレツィア学園の地下研究室で見た、欠けた太陽の魔法陣。

白い光から視線を外し、未《いま》だ気を失ったままのジークを見つめる。先ほどレティシエルが胸の上に置いた手。その甲に文様のようなものが光っている。

透明な水晶玉の中に浮かぶ、白い三角形の術式と同じ形の、銀色の文様。こんなに、近くにいたとは……。

「……」

光はやがて薄れ、完全に消えたあとも、水晶が元の黒真珠に戻ることはなかった。三角の術式は、変わらず水晶の中でゆらゆらと揺れている。

ブレスレットを外し、ジークの腕にはめる。このブレスレットの持ち主は、彼だ。これに宿る力も、使命も、全て、彼のもの。

「……あとは、お願いね」

静かな祈りの言葉は、目覚めぬジークには届かない。だけどどうしてだろう。こちらの意図はきっと伝わっているだろうと、漠然と思っている自分がいた。

ジークの周囲に守護魔術の結界を張り、レティシエルは立ち上がる。因縁の場所で待つと、サラは言った。

因縁の場所、かつてレティシエルが殺された、あの玉座の間。踵《きびす》を返し、塔の出口を目指す。

「……っ」

占星の塔を出たところで、全身に強烈な痛みが走った。体の内側から何かがせり上がってくる感覚にとっさに口を押さえ、激しく咳《せ》き込む。

「ケホッ、ケホッ……」

口の中に血の味が広がり、手のひらで受け止めきれなかった雫《しずく》が地面に溢《あふ》れ、赤い花が点々と咲く。

手にべっとりと血がついていた。息を吸うたび、心臓が焼けるように痛み、全身が凍えるように冷え切っていく。

「……」

タイムリミットが迫っているのだと悟った。この体は、おそらくそう長くは持たない。

体が悲鳴を上げたことに、特段驚きはなかった。聖属性の力は、本来人間の手には余る力だ。たとえレティシエルが聖霊姫の魂を宿す者だとしても、限界はある。

これだけ長くその力を使い続けていれば、人間のままの肉体にはあまりに負荷が大きすぎる。遅かれ早かれ、こうなっていただろう。

「……急がないと」

丘の上に建つ、黒々とした暗雲を背負ってそびえるラピス王城を見上げる。

あそこに、サラも、『古《いにしえ》の漆黒』も、いるのだろう。ぐっと口周りについた血を拭い、王城を目指して歩き出す。

最後の戦いが始まる。それに勝つまで、この体も、魂も、絶対にもたせてみせる。

閑章　もう一つの宿命

「ここがお前の町だよ、ジークフリート」

白髪の男の人に手を引かれ、閑静な田園風景の広がる町を眺める。

ラピスの王子は一人一つ直轄の町を与えられると言われていたけど、物心つくかつかないかのあまりに幼い子供には、よくわからない。

「お前が大人になったら、この町の人たちを幸せにするんだぞ」

自分とよく似た顔の白髪の男の人が、町を行く人々を見つめながらそう言った。つないだ手を握る力が強くなる。

「私のようにはなるんじゃないぞ。ただでさえ、お前は変わり者なんだから……」

黒髪をわしゃわしゃと撫《な》でられる。この人にこうして頭を撫でられることは、一緒にいる間はよくあることだった気がする。

「……」

男の人はまだ町を見ている。自分がかつて持っていたという、別の町のことを考えて居るのかもしれない。幼い王子は町ではなく、隣に立っているこの大人ばかり見ていた。

この人はあなたの父君ですよ、とかねて乳母に言われていた。普段は会うことができず、こうして時々町に一緒に行くことでしか会えない。

だけど正直、あまり実感はなかった。お城には、この人と同じような顔の人が、男も女もたくさんいて、みんなが王子さまとか、王女さまとか、そういう風に呼ばれていることを知っている。

そっくりさんがたくさんいるこの男の人が、ほかの人たちと見分けられないことも何度もある。本当にお父さまなの？　と本人に聞いてしまったこともある。

そのたびに、男の人は目を合わせて抱きしめてくれる。半分だけ自分と同じ、緑色の目。

それでやっと、この人がお父さまなんだと腑《ふ》に落ちる。

「……そろそろ時間だな。ほら、ジークフリート。城に帰ろう」

手を引かれて、来た道を戻り始めたお父さまの後ろを引かれるままついていく。

お父さまは、自分を失敗作だと言っていた。失敗作だから、ほかの人たちみたいに両目とも綺麗《きれい》な赤色じゃないんだと。

その半分だけ緑色の目が好きだった。他の人と違うから、お父さまだって認識できる。

自分とのつながりが目に見えてわかるのが安心する。

丘を上って、お城の敷地まで戻る。お父さまはこれから、また占星の塔に戻る。

曰《いわ》く、お父さまは〝脱走者〟で罪びとだから、一緒にいる時間が終わると塔に戻されてしまう。王子さまや王女さまが生まれてくる、この塔に。

「ではまたな、ジークフリート」

塔から出てきた怖い顔をした兵隊さんが、お父さまを両脇から挟んで連れて行く。首だけ振り返ったお父さまが、笑ってそう言ってくれた。

何も返せずに、ひらひらといつまでも手だけを振り返していた。

「失敗作が暴走した！　おい、今すぐ研究員を逃がせ！」

「いやだ！　死にたくない！　助けてくれぇ！」

「バカ、立ち止まるな！　殺されるぞ！」

占星の塔の地下研究所に、人々の悲鳴と、この世の生物とは思えない凶悪な咆哮《ほうこう》がとどろく。

白い髪の化け物が、怒り狂ったように暴れている。真っ赤に染まった片目が血の色みたいで、だけどもう片方の緑色の目がまだ理性の光を残して泣いていた。

お父さまが、とうとう壊れてしまった。壊されてしまった。会いたくて忍び込んだ研究所の荷物の隙間から、化け物になってしまったお父さまを見つめることしかできない。

「……情なんてものを覚えたから、呪術の適合にも失敗するんだ」

「マスター様！　いったいどうしたら……」

「騒ぐな、能無しが。いつも通り殺せ。失敗作の上に使いようのない暴走体に用はない」

悲鳴をあげる研究員たち、切り裂かれて死んでいく研究員たち。呆然《ぼうぜん》と惨劇を見守っていると、柱の陰から急に現れた人物とぶつかってしまった。

「ジークフリート様、どうしてこんなところに……!?」

その人はこっちを見てびっくりしたように目を丸くしていた。時々塔に忍び込むのに、いつも手を貸してくれる、見慣れたおじさんだった。

周囲を素早く見回し、誰もいないことを確認したおじさんが強い力で自分のことを引き寄せた。

「とにかくこちらへ」

「でも、お父さまが……」

「じき処分されてしまいます。そうすれば今度は殿下のところまで殺処分の命令が来るでしょう」

暴走されたあの方の、血を引いているのだから、とおじさんは言う。わけもわからないまま、抱え上げられてそのまま王城から逃げ出していた。

塔が遠ざかっていく。思い出は特になかったけど、お父さまの生まれた場所が、遠ざかっていく。もう二度とお父さまには会えないことだけわかって、それが寂しくてつい塔の影に手を伸ばしてしまう。

どのくらいおじさんは走り続けただろう。どこかの町を見下ろすがけの上で立ち止まった。風に乗って、喧騒《けんそう》が聞こえてくる。占星の塔で事故が起きて、かいめつ的な被害が起きたと、言っている。

おじさんに地面に下ろされ、見上げると真っ黒な瞳と目が合った。

「いいかい、君はもうジークフリート殿下ではない。ただのジークだ。わかったね？」

有無を言わせないおじさんの言葉にこくりと頷《うなず》く。その日から、お父さまの代わりにおじさんが父となった。


「……お前は、取引がしたいということか？」

父の声がする。その声が向けられた先に、白いフード姿の人物が立っている。

その人物のことを、なんとなく知っている。占星の塔の、一番偉い人の机のところに、いつもいた人。お父さまが、マスターと呼んでいた人。

ラピスから父と一緒に逃げ出してから、ずっと延々と、白い髪の化け物たちにこちらを追わせていた人。

「そうだ。お前は私が追手を引き揚げさせることを望んでいる。私はそこの子供の器がほしい。悪い取引ではないだろ」

「……この子をあの塔に連れて行かせたりはしないぞ」

「ローランド、お前も人の話を聞かない男だな。連れてはいかないと言ったはずだ。器の

〝予約〟をするだけと言っただろうが」

フードの下からわずかにのぞく口元が、にやりといやな三日月形の笑みを浮かべる。薄ら寒さを覚えて、父のローブの裾をぎゅっと摑《つか》んだ。

「何をされるおつもりで？」

「私の記憶と、知識と、魂の一部を刻印する。記憶障害は起こるだろうが、ほかに大した影響はない」

「……信じられると思っているのか」

「私がその子供の精神を乗っ取る心配でもしているのか？　安心しろ。そのときが来るまでは、何も起きやしない。盟約でも立ててやろうか？」

フードの人物の姿を隠すように、目の前に父の背中が立ちはだかる。話し声が、遠い。何を話しているのか、ちゃんと聞こえない。

だから、マスターさまと父の話が、どういう決着をみたのかはわからない。気づけばマスターさまは目の前まで来ていて、こっちの頭に手をかざしていた。

痛くて痛くて、今すぐこの場から逃げ出してしまいたかった。だけどどうしてかこの足は全然動かなくて、マスターさまが変な式を展開させているのを黙って見ていることしかできなかった。

「その時が来たら、よろしくね。ジーク君」

そして再び目覚めたとき、お父さまと同じ緑色だった瞳が、片方紫色に変わってしまっていた。

「とうさん、それはなんですか？」

朝起きると、なぜか父が旅装束で玄関に向かおうとしていた。

その手には、何か不思議な形をした紋様が描かれた紙がある。今朝、夢の中で見たカラフルな太陽の図形と、少し似ている気がした。

「ん？　これはな、特別な紋様だ。来たるときに最後の鍵を開けるために必要となる」

「……？」

「といっても、お前にはなんのことかわからないよな」

父がその不思議な紋様を目の前に掲げてみせる。視界一杯に広がるその紋様を見ていると、妙に胸の奥底がざわざわと落ち着かない。

「いいか、ジーク。これはお前のための紋様でもあるんだ」

「……わたしの？」

「そうだ。だから記憶に焼き付けておけ。その時が来れば、お前にもわかるはずだ」

記憶に、焼き付ける……。どうしたらいいのだろう。わからない。でも、じっと食い入るように見つめているうちに、これでいいような気がした。

紫色の左目がズキズキと痛んでいた。

どうしてか、紋様が目に焼き付いているような錯覚を覚えた。とっさに鏡を見てみるが、当然そんなもの、目の中には見当たらない。

「俺はこれから旅に出てくる。おそらく長い旅になる、家にはしばらく帰れないだろう。だからジーク――」

――達者で暮らせよ。

＊＊＊

冷たい床の上で、ジークは目を覚ました。

どうしてこんなところに横たわっているのか、直前までの記憶がまるでなかった。

全身が異様なほど重たい。何か薬物の類でも打たれたようにめまいと耳鳴りがひどく、体を起こすだけで吐きそうになる。

今しがた視《み》ていた記憶が、呪詛《じゅそ》のように頭の中で繰り返し再生されている。割れそうに痛む頭を押さえ、痛みが過ぎ去るのをじっと耐えて待つ。

「父、さん……」

これが、あなたが残した使命ですか。

蘇《よみがえ》った幼少期の記憶は、ジークに強烈な何かを訴えていた。

時が来た。約束の時だ。もはや誰の声なのかもわからないくらい耳の奥で延々と反響している。

耳を塞ごうとして、手首に見慣れないものが嵌《は》まっていることに気づく。太い金のブレスレット。中央の台座には、ガラスのように透明な水晶が一つ。

その水晶が、柔らかな光を放っていた。自分のものではないはずなのに、なぜかこれは自分のものだと思った。

吸い寄せられるように、水晶の向こう側を見つめる。白い、輝き。三角形の形をした光が、水晶の真ん中に浮いていた。

瞬間、全てを理解した。このブレスレットがここにある理由も、己の為《な》すべきことも。

まるで天啓が降りたように、混線していた記憶が一本のラインを紡ぎ出す。同時に、見覚えのある白銀の長い髪が頭の片隅をよぎる。

周囲を見回せば、乳白色の半透明の結界がジークを覆っている。守護魔術の結界。こんなものをかけられる人を、ジークは一人しか知らない。

ドロッセルが、近くにいる。いまもなお、戦い続けている。近くの柱を支えに立ち上がる。足に力が入らない。だけど行かないと。あの方のところへ。

「……！」

なんとか建物の外に出て、そこに広がっていた景色に息を呑《の》む。

闇に覆われた曇天の空に、白く輝く巨大な蓮《はす》の花が逆さまに咲いていた。灰色の雲を引き裂くように、金色の光が稲妻のように走っている。

空が、少しずつ晴れていっている。役目を果たしたのか、蓮の花が散り始めた。

ひとひら、ひとひら、花びらが空からはがれては舞い落ち、白い光となって風に溶けていく。

「……っ」

猛烈に、嫌な予感がした。早く、あの場所に行かなければ。でないと本当に、手遅れになってしまう。そんな気がして。

正体もわからない不安と焦燥に駆り立てられ、重い体に鞭打《むちう》ってラピス王城のほうへ走っていく。

どうか、どうか間に合ってくださいと、一心に祈りながら。

六章　千の時を越えて

かつてラピス國《こく》の中心地だったであろう王城は荒涼としていた。

門番も誰もいない城の正門の前に立ち、黒々とまるで魔王の城のような威圧感を放つ巨大な門を見上げる。

長い年月でかなり朽ちかけている様相でも、建物の宿していた迫力はあまり衰えていないように見えた。綺麗《きれい》だった頃はよほど存在感のある城だっただろう。

細く開いたままになっている正門をくぐり抜ける。薄暗い床の上には赤かったであろう絨毯《じゅうたん》の残骸が横たわっていた。

(気配は……この廊下の奥からね)

意識を研ぎ澄ませずとも、『古《いにしえ》の漆黒』が醸し出す瘴気《しょうき》の気配は城の中に凄《すさ》まじいくらい充満している。

その瘴気のあふれ出てくる源を探りながら慎重に進む。当然のように人の気配などなく、何かが腐ったような不快な臭いが鼻をかすめて顔をしかめた。

敵の姿も、ない。道中でも何度か戦った、呪われた黒い獣たちも、呪術兵も、みんな死に絶えたかのようだ。脇役はお呼びでないということなのかもしれない。

「……」

鼻をつく嫌な臭いに軽く息を止め、反響する自分の足音だけを聞いて歩を進める。

一歩踏み出すたび、体にまとわりつく瘴気が濃度と粘度を増しているような気がしてならない。

深い霧に前後左右も判断がつきにくくなった頃、一度立ち止まって気配をたどり直す。

呼び出した浄化のオーブをランタンのように目の前に掲げると、闇が怯《おび》えるようにどろりとわずかに道を開ける。

(あと、十数歩といったところかしら)

たどった『古の漆黒』の気配はすでにすぐそこまで近づいていた。オーブを掲げたまま再び歩き出す。

自分で立てた予測通り、十数歩歩いたところで突然視界が開けた。

等間隔に石の柱が立ち並ぶ奥に長い空間だった。天井付近には複数のアーチが連なり、今となっては虫食いのようになってしまったよれた旗の残骸がはためいている。

その残骸に残されたラピス國の紋章を見て、ここは玉座の間なんだと、直感のように理解した。

かすかに脳裏をよぎるのは、前世の自分が命を落としたときの情景だ。あのときも、レティシエルの死に場所となったのはリジェネローゼ王城の広間だった。

あれから千年が経《た》っている。当然この城は、レティシエルが死んだあの城とは違う。

それでも同じ場所に立っているという偶然が心に影を落とす。かつて自分が死んだ場所で、全ての決着がつくのだ。

部屋の一番奥、玉座が鎮座しているはずの辺りにはおびただしい濃度の瘴気がうねりをあげていた。

高い天井を突き破らんと膨れ上がる瘴気の塊は、時々金切り音を上げ、周囲の柱や壁をなぎ倒しながら周りの全てを攻撃していた。

これが、『古の漆黒』……。

間近で見上げるとそのあまりの禍々《まがまが》しさに息が止まりそうになる。圧倒的な恐怖と絶望というものを体現する存在がこの世にあるとすれば、それはまさしく目の前の怪物のほかないだろうと思った。

本能が恐怖を訴えてきていた。これは駄目だ、簡単に取り込まれてしまう。殺されると頭の中で勝手に警鐘が鳴る。

この怪物が世界を覆う全ての闇の象徴だというなら、人なんてあまりに小さくて簡単にひねりつぶせてしまうだろう。そんな獰猛《どうもう》な気配がじりじりと肌を刺す。

それでも目をそらしはしなかった。この災厄と戦うために、レティシエルはここまで来た。一瞬の隙も与えないよう気を引き締める。

コンと、レティシエルの足音が玉座の間に響く。荒れ狂っていた瘴気のうねりが、一瞬だけ音を拾ったように動きを止めた。

その漆黒の中に入った赤い二本の切れ込み……人ならざる者の眼差《まなざ》しが、ぬるりとレティシエルのほうに向けられる。

「……忌まわしい気配だ。貴様がここにいようとは」

温度のない、地の底を這《は》うような低い唸《うな》り声《ごえ》に血の気が引いていく感触を感じた。

遠目で見ていたときは特に何も思わなかったけど、間近でこの瘴気を浴びるのはいかに聖霊姫の魂でも影響を喰《く》らってしまうらしい。

「貴様も我の邪魔をするというのか」

『古の漆黒』の声が響くたび空気が震えている。それだけで無数の見えない牙を突き立てられようとしている風に感じるのだからとんでもない負の圧力だ。

しかし今、貴様〝も〟と言っていた。レティシエル以外にも、誰かが古の漆黒の邪魔をしているとでも言うような口ぶりだ。

サラの名を唱えて呪詛していたことを思い出す。やはりそれはサラのことをさしているのかしら。

「あら、わかりきったことを聞いてくるのね」

「……生意気な光の女神め」

やはり『古の漆黒』は、目の前に立っているちっぽけな人間が、かつて己を封じた聖霊姫であることに気付いているようだ。

ぶわっと周囲の瘴気が殺気立つ。かつて戦った宿敵の気配を察して警戒しているのだろう。

「邪魔するというなら、貴様にもここで死んでもらう」

赤い眼《め》がすっと闇に溶け込んで消える。次の瞬間あたりの瘴気が形を変え、漆黒の蛇と化してこちらに牙をむく。

その牙がレティシエルに届く直前、一閃《いっせん》の白がひらめく。純白の大鷲《おおわし》が大きく翼を広げ、威嚇するように蛇の首へと食らいつく。

大鷲の背に乗っているレティシエルの手には、起動中の魔導術式。聖なる光を実体化させたこの大鷲を制御し、維持するための術式だ。

黒い霧に包まれた空間を旋回し、白き大鷲が甲高い鳴き声を上げて翼をはばたかせる。その翼から白い羽が舞い散り、光の矢となって四方に放たれる。

爆音が爆《は》ぜ、視界が一瞬だけ真っ白に染まる。それが光と闇がぶつかったことによって発生したうえで周囲に新たな結界を構築する。

予想通り、目がくらんだ隙をつこうと白を切り裂いて黒い手をこちらへ伸ばされる。聖なる結界がそれを弾《はじ》く。

「……なぜ、我の邪魔をする」

低く冷徹な声は、レティシエルをすでに完全に敵としてロックオンしているようだった。

どこからともなく鳴り響く『古の漆黒』の声は、まるで頭に直接語りかけるように妙に耳にこびりつく。虚空の闇を見つめ、声に答える。

「あなたこそ、なぜ世界を闇に染め上げようとする」

「しれたことを」

くつくつと『古の漆黒』が嗤《わら》う。

「世界を瘴気で覆い尽くすことだ。それこそが我の望みであり本能」

玉座の間に広がっていた闇が膨張したような気がする。

少し、声色に興奮のような感情を感じてしまい、怪物にも感情があるのかと、一瞬そんなことを考えてしまった。

「邪魔をしてくれるな、愚鈍の光よ」

その一言が、戦いの幕開けを知らせていた。戦闘態勢に入った次の瞬間には、視界いっぱいに黒が広がる。

それが押し寄せてくる瘴気の波であることはすぐに分かった。もう少し反応が遅れていたら結界は間に合わなかっただろう。

『古の漆黒』は、己の宿敵が今は人の身であることは理解しているのだろうか。していたとして、気にはしていないかもしれない。

今、レティシエルに向けられているのは明確な殺気だ。奴《やつ》はレティシエルがなんであろうと、宿敵であるという理由で全力でつぶそうとしている。

奴を倒すための明確な道筋は、結局見えていないまま戦いの火ぶたは切られていた。本当に、仕様のない。

だから、具体的な策がある訳ではない。はっきりいってノープランに近い、なんとも無茶のある戦いだ。

（正確にはそれらしい方法は見つけてあるけど……）

ロイドの礼拝堂の地下で見つけた、先生の手記のことを思い出す。手掛かりになりそうな記述は、確かに書かれていた。

だけど訳あって、レティシエルにはその手段を実行できそうにない。だから、正直確固たる封印方法は実質ないようなものだった。

そう都合良く敵を倒せるハッピーエンドが目の前に転がってくるはずもない。

一斉にこちらに牙をむく瘴気の獣たちの攻撃を間一髪で防ぎながら、レティシエルは今も延々と頭の中で考えを巡らせていた。

過去の手段を今に利用することができないのなら、新しい方法を考えるほかない。

我ながら無謀な賭けに出たものだが、かつて聖霊姫が『古の漆黒』を封印した際も手探りだったはずだから問題ないだろうと開き直る。

「脆弱《ぜいじゃく》な上にしぶといとは……目障りだ」

耳元でうなる嵐の音に紛れて『古の漆黒』の声が滑り込んでくる。何度聞いても、このおぞましさはどうにもならない。眉間にしわが寄っている自覚があった。

次々と雨のように鋭い刃が黒々とレティシエルへと迫る。瘴気が寄り集まって形を成した刃だ。

すぐさま結界を張って防衛するが、三重にも展開させていた浄化の膜が一瞬で二枚ほど破壊される。

(……結界を重ね続けたところで、きっと長くは持たないわね)

とっさに術式を上書きして新しい結界を数層重ねたが、バキンバキンと無情な音を響かせながら次々破壊されていく様が目の前で展開されている。

さらに上書きを試みようとして、胸元に痛みを覚えた。その隙を容赦なくつかれそうになり、なんとか力をひねり出して結界の穴を塞ぐ。

この痛みには覚えがあった。占星の塔を立ち去るとき、血を吐いたときに感じた痛み。人の身にすぎた聖なる力に、体が悲鳴を上げている痛み。

(まだ……倒れられない)

感じている痛みごと抑え込むように深く息を吸い、毅然《きぜん》と『古の漆黒』を睨《にら》む。レティシエルを守るように展開されていた結界が、太陽のように強い輝きを放つ。

聖属性の力は、術者の覚悟によってその威力が変化する。レティシエルの心に、魂が共鳴してくれている。

そのことを心強く感じながら、手のひらの術式に意識を集中させる。

『古《いにしえ》の漆黒』の力を削《そ》ぐためには、半端な浄化ではきっと焼け石に水だろう。自分の体はこの際気合で持たせるとして、もっと強い魔術を使わなければ。

手の上で構築した浄化のオーブを頭上高くに掲げる。こんな真っ暗な暗闇の中では場違いなほど強烈な光がほとばしる。

その光に照らされ、レティシエルの周囲まで迫っていた瘴気《しょうき》が一瞬のうちに消滅していく。

強烈な浄化の光に黒い霧が身をよじり、空気が乱れて淀《よど》んでいくのが肌でわかる。

その混乱に引きずられるように、暗闇に赤い線が二本走る。『古の漆黒』の両目。玉座の間に入ったばかりの頃にも、見かけた。

唯一、実体らしい実体が現れている場所を、攻撃しない手はない。両手ではとても抱えきれないほど巨大化したオーブを、その眼に目掛けてぶつけた。

闇を光の尾が蹂躙《じゅうりん》して音速で流れ、『古の漆黒』と正面からぶつかるとオーブが爆音をたてて爆ぜた。

一気に周囲に聖なる光があふれ、じゅうじゅうと水が蒸発するような音が一斉に響く。瘴気が浄化される音だとわかっている。

ギギギ、と歯ぎしりするような、何かがきしむような、奇妙な音が瘴気の中から響いてくる。

正体はすぐにわかった。『古の漆黒』が、手こずっている。ひるんだように揺れ動く周囲の霧の流れに確信した。

「ぐぬ……」

光と闇がしばらく拮抗《きっこう》し、辛くも打ち勝ったのは闇のほうだった。

自らの主人を守るように瘴気の霧の中から無数の黒い触手が伸び、自分たちから引き剝がすようにオーブを投げ飛ばす。

だけどレティシエルは見逃さない。あのとき、闇に開いた二本の赤い目が苦しげにゆがんだのを、レティシエルは確かに見た。

ずいぶんな力技だと自覚はあるけど、やはり強い聖属性の力であれば有効打になり得そうだ。

オーブは明後日《あさって》の方向へ軌道を変えてしまう。しかし浄化の力は十二分に発揮され、周囲の霧を祓《はら》いながら漆黒の闇の中に吸い込まれていく。

あれは多分、玉座がある方角だろう。見当違いなところまで弾かれてしまった。

「……？」

その瞬間、奇妙なものを目撃した。レティシエルを取り込もうと迫っていた黒い霧の波が、突然サッと引いていった。

予想外の事態に波の行く先を目で追いかけると、今しがたレティシエルの魔術が飛んでいった先に集っている。

浄化魔術を喰らって色が薄まっていた瘴気が、集まってきた新たな瘴気を注がれて再び漆黒を取り戻す。まるで、慌てて傷を消しているみたいに。

（……何かを、かばっている？）

そんな風に見えた。

黒い霧に包まれた玉座の間の最奥の方を見やる。

思えば最初から違和感はあった。玉座の間だというのに、玉座がずっと目には映っていなかった。

それが置かれているであろう場所は、ずっと不自然なほど延々と黒い霧によって覆い隠されていた。

あの奥に、何かを隠しているのだろうか。

確かめる方法は一つだ。襲い掛かる瘴気のかぎ爪を結界で弾き、生まれた一瞬の隙をついて玉座のほうへ浄化魔術を飛ばす。

突き出した右手から術式が宙に浮かび、白い光線が闇を切り裂いて真っすぐに目的の場所へと向かっていく。

光線は通り過ぎた場所の瘴気を吸い上げ浄化し、闇に穴をあけて駆け抜けていった。レティシエルの前には、その通り道が通路のように切り取られて続いている。

晴れた瘴気の向こうに、朽ちかけた古い玉座が見える。そこに何者かが腰かけている。白い髪、閉じられた瞳の色はうかがえない。

(あれは……)

ぽっかりと開いた空間はすぐに瘴気の霧によって再び閉ざされてしまう。

しかし直前に見えた、玉座に座っていた人物に、レティシエルは見覚えがあった。いや、レティシエルが良く知っている人だった。

(どうして、あんなところにサラの体が……)

髪色と目の色以外はジークと似た面差しをした、今世でのサラの肉体。転生を繰り返し、数多《あまた》の体を移ってきたサラにとって、一番新しい体のはずだ。

つい先ほど、占星の塔の地下でサラの魂に会った。ジークの体を器として依《よ》り代《しろ》にしていた。

そして本来の肉体であるはずの体が、こんなところにある。明らかに体と魂が分離している。

「……」

そのうえ、どうにもレティシエルの目には『古の漆黒』があの体に宿っているように見えてならなかった。

疑問と違和感が胸をかすめるが、襲い来る瘴気のかぎ爪がおちおち考え事もさせてはくれない。

聖属性の力に、明確な攻撃術式がないことが悔まれる。先ほどからレティシエルは敵からの攻撃を防ぐことにばかり気を回している気がする。

反撃をしようにも、『古の漆黒』の攻撃の手がゆるむこともない。首元へ迫ろうとしていた黒い槍《やり》を弾《はじ》きながら眉間にしわを寄せる。

この場所は『古の漆黒』のテリトリー、対するこちらは人の肉体という時限爆弾を抱えている。戦いが長引けば長引くほど、こちらが不利になるのは明白だ。

「……」

どうしようかと考えこむ。そう長々と余裕はないのだが、昔からどうやら自分は非常事態になるとかえって冷静になる質《たち》のようだ。

軽く息を吸いこみ、目を開く。つい先ほど、傷を修復するかの如《ごと》く動いてみせた『古の漆黒』の行動を思い返す。

これが鍵になるかもしれない。

慎重にかぎ爪の軌道を読みながら作戦をたてる。一度は玉座に届きかけたのだ。タイミングを見誤らなければ問題はないはず。

(……今!)

宙を塞ぐようにうごめく無数のかぎ爪の間に、一瞬の隙間が生まれる。瞬間、白い光線がほとばしる。

光の筋は真っすぐ瘴気の霧を割り、その先にあるであろう玉座へ向かっていく。

やはりというかなんというか、黒い霧は玉座を守るように一斉に光線の前に塊を形成していった。

奴はそう動くのではないかと予測していた。やはりあのサラの体は、何らかの理由で『古の漆黒』にとって手出しされるとまずいものらしい。

そんな弱点を、見逃せない。

両手を頭上に掲げると、無数の魔法陣が闇の中に光を灯《とも》す。奴が守りに入るというなら、それを上回る力で突破すればいい。強引だけど確実だ。

魔法陣から一斉に流星が流れる。降り注ぐ光の雨は一か所へと寄り集まり、先の光線を追いかけて玉座のある方角へ集中する。

強引だけど確実な方法はあっさりと実を結ぶ。ピシッとガラスがひび割れるような音がしたと同時に、白い光が瘴気の壁を突き破って玉座へ着弾する。

目を焼かれないよう、光が炸裂《さくれつ》する直前にまぶたを下ろし、凶器じみた光から眼《め》を守る。光は一瞬。落ち着いたタイミングをまぶたの裏で感じてすぐに目を開く。

先ほど偶然で空けたものよりも、一回り以上大きな風穴が瘴気の渦に開いている。その奥には、変わらず玉座に座る白髪の少年。

しかしその姿形に目を見開いた。

人として、原形をとどめていなかった。かすかに髪や手の形が残っているものの、全体としてはどろりと溶けた液体のようになっている。

(何がどうしてそんな状態に……)

聖属性の力に、直接的な殺傷力はない。しかも『古の漆黒』相手ならいざ知らず、人間相手ではまずない。

それでもこうしてサラの体は崩れている。浄化光線を喰《く》らってダメージを受けているというのなら、それは『古の漆黒』に対する作用と同じだ。

レティシエルが見ている目の前で、溶けたサラの体が黒い霧をまとい始める。また、耳元であの獣の唸《うな》り声《ごえ》のような音がしていた。

黒い霧の瘴気は細いいばらのように玉座全体を包み、驚くことにサラの体が再生を始めた。

唸り声にかき消されて、溶けた人体が人の形へ戻っていく気分が悪くなる音が聞こえてこないが、見えている光景だけでも十分衝撃的だ。

遅すぎず早すぎず、呆然《ぼうぜん》と眺めているうちにサラの体は元通りに近い状態まで修復されつつあった。

肉体が蘇《よみがえ》るたび、サラの周囲を漂う瘴気の濃度が一瞬だけ減っている。その体を取り巻く瘴気が濃くなったり薄くなったり、薄闇に瞬いている。

それはまるで、瘴気を燃料にして体を作り直しているようだった。

「そうだよ、その調子だ、レティシエル」

「!?」

首元に、二本の腕が絡められていた。

首筋を撫《な》でる感触は紛れもなく人間の指の感触そのもので、すり込むように耳元から流れ込む女の声に顔がこわばる。

それは確かに、サラの声だった。

勢いよく振り向くが、背後に人の姿も気配もない。あれは……占星の塔で会ったサラの魂なのだろうか。ジークの身体を使っているのではなかったのか。

「ぬおぉぉ！」

苦悶《くもん》の声。今度のは『古の漆黒』のものだ。

あれだけレティシエルを屠《ほふ》ろうと殺気立っていた瘴気が、どういうわけか苦しげに身をよじっている、ように見えた。何せ気体だ。明確な肉体があるわけではない。

そう頭で理解はしているのだが、ズルズルと耳障りに鳴っている音は、まるで何かを引きずっているように重く感じる。

瘴気《しょうき》が濃くなりすぎると、物体に直接危害を加えられるようになる。実体に似たものを持つことになる。

ここは古《いにしえ》の漆黒の巣だ。やはりかなり瘴気の実体化が進んでいるのだろう。背後から聞こえるそれに視線を向けると、遠くに玉座の間の壁が見えた。

（さっきまで、あまりに霧が濃すぎて何も見えなかったのに……）

ズルズルと響いているこれは、瘴気が撤収している音なのだと気づいた。おかげで玉座の間に広がっていた霧は多少薄まってきている。

なぜ、急にこんな劇的な変化が起きたのだろう。じりじりと収縮していく瘴気が引き寄せられている先に目を向ける。

そこには目を閉じて玉座に座る、サラの姿があった。

先ほど一瞬だけ垣間見《かいまみ》えたときと同じ姿勢、同じ表情のままのはずなのに、どうしてだろう。威圧感を感じる。

「おのれぇぇ！　サラめぇぇぇ！」

『古の漆黒』の憤怒の声が激情の余りかすれている。今、おそらくやつにとっても都合の悪い〝何か〟が起きている。

（サラの真の目的が奴《やつ》の復活のその先にあることは読んでいたけど……）

これではまるで奴を倒すことが目的のようではないか。矛盾した推測に自分でも首を傾《かし》げそうになる。

自分で復活させておいて倒そうとするなんて、あの子はいったい何を企《たくら》んでいるのやら……。

「……そう、難しい顔をすることはないでしょう」

サラの声が響く。背中からではなく、今度は正面から。

視線の先には朽ちかけた石の玉座。そこに座って目を閉じていたサラの体が、ゆっくりとそのまぶたを持ち上げていた。

赤い瞳がこちらを射貫《いぬ》く。

「あれの怨嗟《えんさ》をお前も聞いていたはずだよ。予想くらいついたはずだ」

「……予想できるのと、納得できるのとでは話が違うわ」

少し前までは明確に敵だと思えていた幼馴染《おさななじみ》が、今となって急激に敵か味方か判断がつかなくなった。

レティシエルを見つめる赤い瞳が意味深に細くなる。その首に、見慣れない黒い光を見た。

「……？」

思わず眉をひそめる。レティシエルは別にサラのこの器を注視していたわけではないが、あんなわかりやすいものがあったらさすがに気付いたはずだ。

いばらがからみついた、花に似た形の黒い紋様が、ゆらゆらとサラの首元で陽炎《かげろう》のように揺らめきながら仄暗《ほのぐら》い輝きを放っている。

（あの花は……蓮《はす》、かしら）

聖霊姫を象徴する白い花を思い出す。あれをかたどる理由もわからない。

オォォォォ、と不穏に鳴る瘴気のうなりは変わらず止《や》むことはない。だけど、あの黒い紋様が星のように明滅するたび、腹立たしげに怪物が暴れる。

はっきりいって、異様だ。この異常事態には奴も手こずっているのか、先ほどから攻撃が一切合切止んでいた。

「サラ」

「なに？」

「あなた……何をしたの」

明らかに、サラの首にある黒い紋様が『古の漆黒』を苦しめている。それを見るに、やはりサラにとって奴は敵ということになろう。

それでもその言動に納得がいかないことに変わりはない。自分の知らないところで、何かが秘密裏に動いている。そう確信していた。

それに今しがた目撃した、傷を修復するサラの体。耳元で聞こえた、その調子、という声。あれではまるで――……。

「あなたは、私にその体を攻撃してほしいの？」

その調子で攻撃を続けるよう、促されているようではないか。ニヤリとサラの口角が上がる。それはつまり、無言の肯定だった。

「……なんのために？」

器を攻撃することが、サラにとって意味のある行動なのだろう。でなければそんな要求をしてくるわけがない。

聖属性の力に大きい殺傷力はないとはいえ、魔術を食らい続けて無事でいられるほど、人の体というのは頑丈ではない。

「言わずともお前にはわかっているだろ」

「……」

「私を壊せ。この体は今、私のものであり、『古の漆黒』のものでもある」

やっぱり……。

驚きはなかった。ただ小さくため息だけがこぼれる。

正直、謎しかない。サラの体が『古の漆黒』のものとなっている理由も、その状況を作り出した経緯も何一つわからない。

だけど今しがた目撃したものが、皮肉なことにレティシエルに道を示してくれた。

大枠もなく、実体化した瘴気という漠然とした概念のみだった『古の漆黒』に弱点が生まれた。

壊れる限界が存在する、器という弱点を。

「何も聞かないんだ？」

「聞いたら話してくれるの？」

「……」

サラは何も答えない。そう素直に話してくれるとも思わないので、黙ってサラに手のひらを向ける。

何もない虚空に光のオーブが浮かび上がるのを、サラもレティシエルもただ無言で見守る。十二分に大きく育ったオーブを、そのままサラの体にぶつける。

容赦は、しなかった。

数分前に見たばかりの光景が、再び目の前で繰り広げられる。今度は近い分、再生する生々しい音もしっかりと耳に届いた。

そこに、悲鳴は混じらない。痛みがないわけではないだろうに、サラは一声も漏らさない。ジークに似たその器の顔が崩れ、しばらくしてまた元に戻る。

それを見届けて、同じ攻撃を繰り返す。同じ再生がまた起きる。さらにもう一度、もう一度。

（……何をしているのかしら、私は）

だんだん、自分がやっていることがなんなのかわからなくなってきた。

人を、攻撃している。それも無抵抗の人間を。『古の漆黒』を屠るために必要なことだと、頭では理解できている。

どういう仕組みなのか知らないけど、今のサラは『古の漆黒』の心臓のような状態になっている。

心臓とは生命活動……瘴気の怪物に命があるかはわからないが、中枢となる部分。壊れてしまえば、それ以上動きようがない。

だから間違ったことはしていないはずだ。その、はずなのに……。心が痛むのは頭に残った思い出と記憶のせいだろう。

「……瘴気の本質は魔素と似通っている。同じく混沌《こんとん》から生まれた存在である以上、性質自体は親戚同士だ」

何度グロテスクな展開を繰り返しただろう。もう両手では数え切れないほど崩れては元に戻るサラが、独り言のようにそうこぼした。

手の上には、もう何度作ったわからない浄化のオーブ。これ以上大きくはしないでサラの話に耳を傾けた。

「しかしそれはこの世界にある全てのものに共通して言える。当然だろう？　大地も空も生命も、全部元をたどれば混沌だ。人間も、精霊も、あの怪物も、根っこの部分ではみんな同じだ」

周囲には未《いま》だに瘴気が渦巻いている。

「『古の漆黒』を本当の意味で消滅させるにはどうしたらいいか、そう考えたときに真っ先に思ったのが入れ物に入れてしまうことだった」

「……」

「あれは一つの世界が背負った闇そのもの。形のないものだからね。ないなら形を無理やりにでもあげてしまえばいい。そうすれば、あとは砕くだけで済む」

今となれば、もはや否定しようもなかった。

間違いなく、サラの真の目的は『古の漆黒』を討つことだ。魔素を消し、魔術を消し、それにまつわる全てを世界から消す。

ならば闇の魔素を生み出す遠因となった『古の漆黒』も粛清対象に入っていておかしくない。闇の精霊が、そもそも元は奴の力と魂の断片だったのだから。

「だから研究することにした。どうしたら、あれを形あるものにできるのか。すぐに問題にぶつかったけどね」

どこか遠い景色を見るようにサラの眼差《まなざ》しがフッと揺らぐ。

「『古の漆黒』は精霊の親戚だ。お前の中に入っている女神様みたいに人の器をわざわざ選んで転生しているのでなければ、本来人間の器とは相容《あいい》れない。だけど『古の漆黒』を器に入れるのには、一番壊れやすい人間でなければ意味がない。親戚である精霊に入れようものなら、余計力が増してしまうだろうからね」

これまで思わせぶりな言動ばかりをとってきたくせに、今のサラはやけに饒舌《じょうぜつ》だ。遮るつもりはない。自分も聞きたい情報ではあるから。ただなんとなく、懺悔《ざんげ》のように聞こえる。

「誰も試みもしなかったようなことだったからね、かなり手こずったよ。実際に精霊を捕まえて結構好き勝手に実験もした。どう解釈したのか、周りは私に精霊の加護があるとかほざいていたけどね、虐殺の間違いでしょ」

そう言えば以前、どこだったか『精霊の加護を持つ者』という称号が伝わる聖人の話を聞いたことがある。聖レティシエルだったと思う。

レティシエルの名前を騙《かた》っている以上、十中八九サラの転生体のうちの一つなんだろうなと思っていたけど、その称号の裏にはそんな事実が潜んでいたとは……。

「時間はかかった。でも成功した。最終的に成功したのはあの男……闇の精霊王が不覚にも私になついたことが原因だったけどね」

「……デイヴィッドさんは、自分を人と精霊の混血と言っていたけど」

「そうだね、その通りだ。生んだのは私の器だから、私の子ということになるんだろうね。実感はないけど」

だろうなと思った。これだけ転生を繰り返し、体をとっかえひっかえしてきたサラに、子を産む感覚は麻痺《まひ》してそうだ。

「人と精霊は本来交わらない種族。血が混じることなどない。だが人が呪術を介することで『古《いにしえ》の漆黒』に近づけることをその頃に知った。呪術に身を浸していれば、魂の変質をきたすとね」

「……もしかしてそれが、呪術兵たちの自我崩壊の原因？」

「へぇ、鋭いね」

短い肯定に、いろいろと腑《ふ》に落ちる。

だから黒い霧の獣たちも、呪術兵たちも、気配が似ていると思ったのか。人が瘴気《しょうき》に近づいた結果なのだから当然か。

しばらく前、ルクレツィア学園で呪術兵の大群と対峙《たいじ》したときのことを思い出す。あのとき、呪術兵の死体を瘴気は取り込んで己の一部としていた。

不思議な現象だとばかり思っていたが、今の話が本当なら親和性は十分にあるということだろう。

「そうとわかれば、あとは早かった。失敗作も多々あったが、そういうものは駒に再利用すればいい。この体は、こうしてちゃんと完成した」

「あなたがこれまで大陸に仕掛けてきたものたちは、全部このためだったのかしら」

答えないままサラは笑みだけを深める。無言の肯定。

呪術兵の量産はそこから始まったように思う。だって人が呪術を介するという言葉自体、呪術兵のあり方そのものを示している。

「この紋様が、あれをこの体に縛り付ける鍵の役割をしている。元は王国の可哀想《かわいそう》なお姫様を救うための鍵だったけど、私が奪って改造した」

「王国の姫……まさか」

「お前がいるなら、あのお姫様に鍵はもう不要だろう。最後にいい働きをしてくれたさ、ミルグレインは」

メイのことだとすぐにわかった。ずっと謎のままだった、メイの体から抜き取られたものの答えが、あっさりと目の前に転がり落ちる。

「だが、元々は私の魂に寄生させていた存在だ。器を無理やり乗り換えさせるのに、別の触媒が必要だった」

首元の紋様を撫《な》でながらサラは言葉を続ける。彼女の魂がジークの体に憑依《ひょうい》していた理由がわかった気がした。

この体は今、『古の漆黒』に完全に明け渡されている。元の主の魂が入る余地がないくらい、あの怪物の存在は大きいものだ。

大陸すら覆い尽くさんとしているくらいなのだから、当然といえばそうだろう。だけどそれでは彼女の計画は完成しない。

「お前が先手を打って攻撃してくれてよかった。実は数少ない懸念だった。少しでもあれの力を削《そ》いでおいてくれないと、私はここに戻れないからね。こうして魂で蓋をしていないと、紋様があるとはいえこの体からあれがあふれ出てしまうかもしれない」

サラの器は限りなく精霊に近しい人間となっていた。再生を繰り返すのは、『古の漆黒』の力を削ぐためだろう。

不可解だった様々な出来事が、まるで答え合わせでもされるようにきれいに一つずつつながっていく。

サラは簡単そうに言うけれど、そんなに容易なことではないことはレティシエルにもわかる。

根っこが同じと一言で言っても、実際人と精霊は別の種族として明確に分かれている。その境目を無理やり超越するなんて、並大抵のことではない。

どれほどの時間と労力を必要としただろう。想像を絶する時間だったとわかっていても、レティシエルにはただ想像することしかできない。

加えて相手は世界の闇の具現化そのものだ。いくら精霊の性質に魂と肉体を近づけたとしても、レティシエルとサラは同じだ。

どれだけ近しい存在となろうと、結局人間という種族の枠の外へ出られない。人の身にすぎた力を宿すのみ。

レティシエルは、初めから定められていた。定められるがまま、それが自分の意志とも一致してここに立っている。

サラと違う点があるとすれば、それだろう。この子がここにいるのは、全て自分の選択が故だ。

「……」

いつから、そう思っていたのだろう。かなり昔からだろう。もしかしたらレティシエルが生きていた頃からその想《おも》いはあったのかもしれない。

一見、矛盾しているようにも見えた。世界を守りたいのに、世界をこうして恐慌に陥れた張本人でもあるのだ、サラは。わざわざ、絶対に覆しようのない釘《くぎ》を刺して『古の漆黒』を蘇《よみがえ》らせ、混沌まで地上に引きずり出している。

完全に極悪人も良いところだ。精霊側がサラをマークして、事あるごとに対立していたのも当然だろう。

魔素は『古の漆黒』の封印を守る結界だった。それを消そうとしたサラは間違いなく世界の敵だ。そこに良心なんてものは期待できない。

だけど、サラの目的を〝魔素にまつわる全てを消滅させる〟ことだと考えれば、矛盾は解消される。

北斗七星陣で魔素を書き換えて無力化したことも、こうしてわざわざ復活させた『古の漆黒』を自分で倒そうとしていることも、その目的で考えれば矛盾していない。

「……どうして」

「ん？」

「どうして、そこまでして世界を救うことに固執しているの？」

展開しかけていた浄化術式を、気付けば解いていた。

レティシエルと違って、本来サラには縛られるような宿命などないはずだ。どこにでもいる、普通の人。

なのに今、レティシエルの前にいるのはサラだ。世界の存亡を握る鍵は、このわずかな間に『古の漆黒』からサラへと移ってしまっている。

ただの人が、並大抵の覚悟でたどり着ける結果ではない。この結末を、自分が命運のキーマンになることを望んでいなければ、ここまで執念を燃やすことはなかったはずだ。

妙な顔をしている自覚はあったが、サラが小さく笑い声をこぼした。その声色は少し乾いていた。

「……はは、いやだね。世界を救いたいなんて、そんな崇高な思考は持ち合わせていないよ。ただ、面白くなかっただけだ」

「面白く、ない」

「そう。私はね、お前が世界を救う唯一の救世主様なのが気に食わないのさ」

さらっと迷うそぶりもなくサラはそう言い切った。表情にはいっそ清々《すがすが》しさすら見える。

「世界が定めた主役。来るべき時に全ての称賛を身に受ける英雄の役。お前も気づいているでしょ？　そういう運命を背負わされてるって」

もちろん、わかっている。知らされたのは最近とはいえ、知った途端、それが最初から決まったレールであることは理解していた。

「私はね、その運命に自分が踊らされていたとは認めたくないんだよ。私は私の人生を生きているというのに、それすらお前を輝かせる糧になるなんて気分が悪い」

「そんなことは――……」

ないと言いかけて口をつぐむ。そんなこと、あるかもしれない。

いつからサラが『古の漆黒』と混沌《こんとん》の排除を計画していたのかは知らない。だけどそれは確実にレティシエルが宿命を知るよりも先だ。

「『古の漆黒』を倒す方法を模索しているとき、聖霊姫の存在に行き着いた。最後の最後に、本当の意味で奴《やつ》を浄化し封印できるのは、その光の女神様とやらしかいないと思い知らされた」

誰にも知られないまま、一人で考えて戦って力を尽くして……その果てに得たものは、その努力が全て他人のためのものにすぎないという現実。

自分が同じ立場だったら、どう思っただろう。理不尽だと、きっと思う。

「ほんと、世界っていうのは残酷だよね。全ての花を持っていくのはお前だと決まっている。笑われたような気分だったよ。お前がどんなにあがいても、全て時が来たら現れる勇者のための布石だと言われたみたいでね」

口元には笑みが浮かんでいたが、サラの目はちっとも笑っていない。その目に浮かんだ感情に覚えがある。

憤怒と、嫉妬だ。

（サラは……今も私を羨ましいと思っているのかな）

幼少の頃は、少なくともそうだった。そういう風に見えていた。

いつも、振り向けば後ろからサラが追いかけてきていた。魔術の訓練をするにも、難しい専門書を読み込むにも、サラは追いかけることをやめることはなかった。

レティシエルがサラに向けている感情は、自分で振り返ってみても千年前からあまり変わっていない。逆は、どうだろう。

「ねぇ、レティシエル」

黙り込んで目を伏せていると、サラの声が聞こえる。ずいぶんと、落ち着き払った声だった。

「私とした約束を覚えているか？」

「……約束？」

「そう。かつて夜空の北斗七星を見上げて、お前が私に約束してくれたことだ」

覚えている。忘れたことは一度もない。サラのお願いを、何でも一つ叶《かな》えてあげると、幼い子供二人で星に誓った。

その約束が果たされることはなく、先に二人の離別がやってきた。そしてあの夜の約束はあやふやになったまま、今もレティシエルの記憶の奥底でくすぶっている。

「そのときの約束を、今ここで果たしてもらおうか」

まさか、ここでそのときの約束を持ち出されるとは思っていなかった。

千年経《た》ってもその約束は有効なのかと言いかけたが、骨まで砕きそうなほど強く握られた手首の感覚にやめた。

手首をつかむ腕に、本心を見い出せたような気がする。

背後から瘴気の波が押し寄せようとしている気配がする。振り返ることもせず、ただ足元に意識を集中して結界魔術を展開する。

浄化の光に阻まれ、憎々しげにうなる獣のような声を背に聞きながら、サラの言葉の続きを待つ。今は何にも、この時間を邪魔されたくはなかった。

「この器に残された生命力は少ない。浄化魔術を受け止めていられるのも、あと一回程度だろう」

口から血を流したまま目の前の顔が笑む。服を一面真っ赤に染めながらも、その眼差《まなざ》しには変わらず獰猛《どうもう》な憎しみが見え隠れしている。

嫌なお願いをされるのだろうなと、薄々勘付いていた。

「だから最期は、お前の手で終わらせろ？　この手で、だ」

摑《つか》まれた右手を、サラが自らの意思で自分の喉元まで持っていく。

手のひら越しに脈動を感じる。この寒々とした空間には似つかわしくない、生身の人間の温かさがそこにはあった。

こちらを見つめるサラの目は笑っていない。レティシエルも、その言葉を冗談だとは思っていない。

「……私に、あなたを手にかけろと？」

「そうだよ。そうでなくては私の計画は完成しない」

そう言って笑ったサラの表情は、狩りをしている獰猛な獣のようだった。飢えと渇望。それが本心だと嫌でも理解する。

遠い日の記憶がふいに蘇る。あれは……サラと初めてまともに口をきいたときだったはず。魔素酔いを起こして倒れたサラを見舞った。

他人の気持ちにあまり聡《さと》くない自覚はあるが、このときだけはわかっていた。彼女があそこまで荒れたのは自分のせいだと。

あの頃はサラの感情だけ、妙によくわかっていたような気がする。あの頃の彼女はかなり感情の起伏がわかりやすく、曲がったことが嫌いな質《たち》だったからかもしれない。

(あなたは私が羨ましいと言うけど……)

逆もまたしかりだった。王族として生まれたことも、生まれながらにして国を背負う運命にも、嘆きを覚えたことはない。誇りすら感じていた。

だけどそれは、あり得たかもしれない何の変哲もない普遍的な日常に、焦がれない理由にはならなかった。

子供の頃は、無邪気に親にわがまま三昧する町の子供を羨ましく思うこともあった。手の届く範囲の中で大事な人たちを守って慎《つつ》ましく生きる町の人々を羨ましく思うこともあった。

王族の責務とか、そういうことは何も考えずただ毎日を生きることも、眩《まぶ》しいもののように見ていた。

追いすがろうとする存在というのも、物珍しかった。

後ろをついてくる人たちがいても、それはレティシエルを超えようとするものではない。

付き従うもので、それが王族という上に立つ者としての当然だった。

（いっそ、最後まで敵と思わせてくれたらよかったのに……）

事実は覆らない。憎悪も消えてなくならない。先生を救えなかったことも、そのことでサラとの間に拭いようのない確執を生んだことも、そのままだ。

それでも、やっぱりサラを殺したいと本気では思えない。レティシエルは事実、サラを気に入ってもいたのだから。

多分、見透かされているような気もする。この子も、分かった上でなかなかに残酷なお願いをしてくる。

「辛《つら》い？　苦しい？　はは……ならもっと苦しめよ。私のために、もっと苦しめ、レティシエル」

首に手をかけられているというのに、サラの表情から笑みは消えない。重なった手が強く握られ、かえってすがられているような気分だ。

「やっと、つかまえた」

その笑顔があまりに無邪気で、昔のことをまた思い出す。あなたは……この瞬間を望んでいたの？　ずっと、千年も昔から。

「……サラ」

気付けば両手をサラに摑《つか》まれている。抵抗はしていないから、それはサラの意思の赴くままその首に添えられていた。

まだ力を込めるようなことはせず、手のひらにサラの体温を感じながら名前を呼ぶ。目の前の赤い瞳は、ひどく凪《な》いだ光を宿していた。

「これはあなたの人生だったわ。あなたはあなたの意思で、矜持《きょうじ》で、こんなところまで食らいついてきた。あなたのその一手が、私にこうして活路をくれた」

サラを殺すことに罪悪感はある。だけど迷いはない。選択の余地もない。

今のサラが『古《いにしえ》の漆黒』の心臓なら、生かす選択はない。このまま放っておいても、悲惨な死に方をする。瘴気《しょうき》が人を蝕《むしば》むのは、きっとサラも同じだ。

なら、望み通り綺麗《きれい》に死なせてあげることしか、この場でレティシエルにできることは残されていないのかもしれない。

「あなたはちゃんと、英雄だわ」

中途半端な言葉はきっといらない。正しい言葉があるのかもわからないけど、それは紛れもなくレティシエルの本心からの称賛だった。

サラもそれがわかっているのだろう、色を失って青を通り越し、もはや真っ白になった顔色のくせに嬉《うれ》しそうに微笑《ほほえ》んでいる。

（……綺麗に笑うな）

場違いにもそんなことを思ってしまった。

「そう思うなら、女神様は褒美くらいとらせてくれるよね」

「私に殺されることが褒美になるの？」

「なるよ。なるさ。お前は永遠に私を忘れなくなる。ここまで演出に苦労したんだ。そう簡単に忘れられてたまるものか。強烈な思い出でしょう？」

それは、間違いないだろう。人を手にかけてきたこと自体は、大陸戦争時に数えきれないほどあった。

それでもきっと、今この場で起ころうとしている人殺しが、レティシエルの人生の中で一番劇的な死となるだろう。

「お前がまだ私を友人だと思っているなら、そのまま棺桶《かんおけ》まで私の死を引きずっていけ。父の死の真相がなんであれ、父を救えなかったお前も私も、私は許せない」

「……だから、贖罪《しょくざい》をしろと？」

「そうだよ。お前も、私も」

お前に忘れさせないことが最高の褒美だと、サラは勝ち気に笑った。そんなことをしなくとも忘れないのに、という言葉ではきっと納得しない。

これが、憎悪を忘れられずにいるあなたの望んだ罰で、憎悪を振り払えずにいる自分に相応《ふさわ》しい罰なら……。

「……」

白い首に食い込んでいく自分の両手がやけに遠い。ドクドクと首元を血液が脈動する生々しい感触がダイレクトに心をえぐる。

思えば手のひらでじかに人の命を奪うのは二度目だ。アルマ・リアクタの番人だった老人と、目の前にいるサラ。

いつも武器か、魔術か、何かしら死を媒介するものがあった。千年前も、今の時代も、そうだった。

そう考えると、サラが望んだこの結末は理にかなっているかもしれない。きっと、永遠に忘れようがない。

サラの首を絞める手に力がこもればこもるほど、耳から流れてくる妙な不協和音が心を軋《きし》ませる。

——うるさい……。

それは非難しているようにも急《せ》かしているようにも聞こえて、自分の心臓の音さえ遠くに聞こえた。

「ねえ」

かすれた声が耳に届く。その瞬間だけ、世界から全ての音が消えた。サラの声だけが、水面に水滴を垂らすように鼓膜を打つ。

「あたしは……あんたを超えられた？」

子どものように無邪気な質問だった。一瞬、両手から力が抜ける。サラがかすかに呼吸する音がした。

どれだけ言葉や感情を重ねたとしても、その一言が、サラの心情の全てを示しているのではないかと、本心から思えた。

「超えられたよ。きっと、ずっと前から」

耳元に顔を寄せてささやく。その言葉がサラに届いたかどうかは、わからない。

気がつけば周囲から一切の音がなくなっていた。音もない、風もない。耳鳴りがやけに大きく聞こえる。

レティシエルの腕の中にサラがいた。目を開けたまま、瞬きもせずにこちらを見上げている。

息は、すでにない。それは美しくも壮絶な死に顔だった。

周囲を取り巻いている瘴気の渦は動きを止めていた。石造りの床に影が落ちる。光が差したのかと思ったが、見上げてみても空は暗い。

レティシエルとサラのいるところだけ、まるで嵐の目のように穏やかだった。周りは黒い霧に包まれているのに、この場所には光が灯《とも》っていた。

サラの計画が成就したことを悟る。『古の漆黒』が活動を停止していた。彼女の死が、彼女の魂に縛り付けられていた『古の漆黒』の自我の消滅をもたらした。

「……」

白くきれいなままの自分の手のひらを見つめ、虚《うつ》ろなサラの瞳と目を合わせる。

光を失《な》くしても、その瞳は力強かった。千年もの間、己の意志と執念だけで世界の運命に食らいついた瞳。

サラを殺したその手で、彼女のまぶたをそっと撫《な》でる。開かれたままだったまぶたが閉じ、赤い瞳が隠される。

「……もう、目を閉じていいのよ」

目を閉じたサラの表情は思いのほか穏やかだった。彼女のこんな安らいだ顔を見るのはいつぶりだろう。千年はあるだろうか。

その顔を見つめているとやっぱり思ってしまう。あなたまでこっちに来ることはなかったのに、と。

世界が認めなくたって、あなたを認めていた。かつてあなたにかけた「羨ましい」という言葉に嘘《うそ》はない。たとえそれが、あなたの欲するものでないとしても。

それでもその覚悟を受け入れたのは、他人も世界もかなぐり捨てて、自分自身のためだけにこの闇の中に身を投じたサラの生き方を、無責任にも綺麗だと思ってしまったから。

そういう生き方を、レティシエルはできない。守りたいものができてしまうから。それらのために戦ってしまうから。レティシエルは自分だけのためにも、サラのためだけにも生きられない。

だからレティシエルがレティシエルのままでいることが、サラから何かを奪ってしまうのなら、彼女が己の主人として選び取った運命まで奪いたくはなかった。

（やっぱり眩しいな……）

そう思う気持ちが消えることは、おそらく永劫《えいごう》にないだろう。それはそれで、別に構わないと思えた。

サラの首から、黒い紋様がふわりと剝がれて浮かび上がる。いばらが巻き付いた蓮《はす》の花のような紋様。『古の漆黒』とサラの魂を縛る術式の、軸であり楔《くさび》となったもの。

手の上に浄化魔術を展開させ、紋様を受け止める。これが瘴気の渦の中に逃げ込み、新たな実体を獲得してしまわないよう、厳重に捕らえておく。

サラの計画を知り、その完成を見届けた今、何を為《な》すべきなのか、レティシエルにはわかっていた。黒いオーラを放つ紋様に目をやる。

心の隙間から染み込むように、耳障りな音を聞いた。『古の漆黒』の声。ずいぶんと弱々しくなっていた。

『いやだ』

一度鳴り出したら壊れた機械のように、同じ言葉を繰り返している。いやだ、いやだ、いやだいやだいやだ――……。

（……悪いけれど）

その懇願を聞いてやるつもりは、ない。

浄化魔術の術式ごと、黒い紋様を握り締める。そのままぐっと手に力を込めていくと、手のひらの内でギリギリと何かが握りつぶされていく生々しい感覚がした。

パツッ。

麻袋が破裂したような音が響いた。繰り返し、いやだいやだとささやき続けていた声がぱったりと消える。

指を開き、手のひらを見る。血というには濃すぎる真っ黒な塊が、べったり血のりのようにこびりついている。そのまま空気にさらしていると徐々に乾いて粉になり、サラサラと崩れていった。

『古の漆黒』が消滅した。それはあまりにあっけない幕切れだった。

こんな簡単な結末のために、サラが命まで賭けなくてはならなかったのかと思うと理不尽に思えたが、あの子が命を賭けたからこその最期であることも理解していた。

『古の漆黒』に対して、レティシエルは無力だった。戦うための力はあっても、倒すための力には至っていなかった。

いくら魂が神々の領域に近づこうと、肉体の限界は突破できない。人が世界の理《ことわり》に挑む

ために は、理を地に引きずり降ろさないといけない。

その礎を、あの子は自ら買って出たのだ。自分自身が認められるために。だからサラが残していったレールを、彼女の望んだとおりに歩いてみせよう。

『古の漆黒』が消えた今、残るのは世界に溢《あふ》れた瘴気と混沌《こんとん》だろう。根源がなくなった隙をついて封印しないと……。

「……？」

ふと風向きが変わったのを感じた。何やら、雲行きが怪しい。

あたりを見回すと、溶け出した瘴気の渦はそのまま霧散することなく混ざり合い、さらに大きなうねりへと進化しようとしていた。

様子が変だ。統率する自我を失い、ここに集う瘴気を支配し操る者はもういないはず。それなのに、この膨大な力は何？

「……っ！」

ある可能性が脳裏をよぎった。まさか……瘴気の暴走？

それに気付いたときには、すでにどこにも逃げ場はなくなっていた。四方は瘴気の嵐に塗り込められ、わずかな隙間さえも残しはしない。

黒い壁が眼前に迫る。視界が黒く染まった瞬間、闇の奥から誰かが手を引いたような気がした。

七章　祈りの果てに

　この日、アストレア大陸に戦慄が走った。

　どす黒い雲と霧に覆われ、昼も夜もつかなくなった空に、突如稲妻がほとばしる。世界各地で嵐が吹き、海が荒れ狂い、大地が激しく揺れて裂けていく。

　世界を丸ごと食らいつぶそうとするように、漆黒の怪物がその巨大な羽を大陸全土に広げていた。

　その姿に対して、ある者は邪悪なドラゴンのようだと言い、ある者は全てを呑《の》み込むほど巨大な大蛇だと言い、またある者は生命を死に至らしめる凶悪な怪鳥のようだと言う。

　人の目に映る姿形はまちまちだが、総じて同じような特徴を有していた。無数の首をもたげ、赤き眼《め》を爛々《らんらん》と輝かせ、闇雲に全てを破壊する。

　この世のものとは思えぬ醜悪な異形が、純然たる悪意の牙を世界に突き立てていた。怪物の首が這《は》った場所では全ての生物が死滅し、その息のかかった人は闇に呑まれて異形へと変貌する。

　割れた大地から、噴火のように黒いマグマが噴き上がる。それが混沌と呼ばれる原始の瘴気《しょうき》であることを、人々は知らない。

深淵《しんえん》よりあふれ出た混沌は瞬く間に世界を侵食していく。それが通ったあとには何も残らない。最初から何もなかったように、痕跡を残すことすら混沌は許さない。

誰も、対処法など持ち合わせてなどいなかった。ただ牙をむく怪物に怯《おび》え、迫りくる混沌から逃げ惑う他ない。

それはまさしくこの世の終焉《しゅうえん》に等しい光景だった。

人々は祈った。全ての手段が失われたとき、人の子にはもはや神頼みという希望しか残されていなかった。

誰に強制されるわけでもなく、何にすがるわけでもなく、ただ助かりたいという一心で人は祈る。

誰でもいい。どうかこの世界を救ってほしい。

闇のうちに宿る一縷《いちる》の光に、ありったけの願いを込めるように。

＊＊＊

（……ここは、どこ？）

重たいまぶたをこじ開けると、視界は一面塗りつぶされたように真っ黒だった。

一瞬、自分の目がつぶれたのかと思ったが、目の前に掲げた自分の指先は辛うじて見えたからそういうことではないらしい。

漆黒の空間の中で、レティシエルの体はポツンと浮かんでいた。視線を巡らせても何も見えず、気配も感じず、音の一つさえ響いてこない。

本当に、ここはどこなのだろう。直前まで残っている記憶の糸をたどる。

『古《いにしえ》の漆黒』の弱体化には成功したはずだ。あの子が……サラが、自身の器を依《よ》り代《しろ》にして『古の漆黒』の核を繋《つな》ぎ止めていた。

その首に、手をかけた。依り代を破壊することで、『古の漆黒』の自我を道連れにするために。サラの計画は成功した。それが決定打となって、あの怪物の力がかなり削《そ》がれたことは、レティシエルも確信していた。

それから、どうなっただろう。サラの骸《むくろ》を腕に抱いていたことは覚えているけど、その先は……？

蘇《よみがえ》るのは、視界いっぱいに広がる黒。そうだ、瘴気だ。大本の自我を失くし、統率を失った『古の漆黒』の抜け殻。それを構成していた瘴気が暴走したのだ。

（じゃあ……ここは『古の漆黒』の殻の中？）

まさか取り込まれたのだろうか。この空間に充満し、体にまとわりついているこの感覚には覚えがあった。

どうやら本格的にそうらしい。レティシエルは暴走に巻き込まれ、倒すべき敵の体内に呑まれてしまったようだ。

考えてみれば、『古の漆黒』は瘴気の具現化そのもの、そして瘴気は人を蝕《むしば》み取り込む。あり得ない話ではないだろう。

真っ暗な闇の中、何ができるかを考えてみる。明かりを灯《とも》そうとしたところ、それはあっという間に周囲の瘴気にもみ消されてしまう。

腕を動かしてみると、まるで泥水の中をかき分けているような、異様に重たい感触が腕全体に絡みつく。その感覚に引きずられ、体も思うように動いてくれない。

さすがに『古の漆黒』の体内ともなれば、相当な濃度の瘴気が漂っていると見える。明かりをつける程度の微弱な聖魔術では食われてしまうらしい。

ねっとりとした空気が顔を覆い、息が苦しい。ここまで濃い瘴気の中で、レティシエルはまだ意識を保てていた。息苦しい程度の不利で済んでいることが、はっきり言って驚きだ。聖霊姫の魂が、それほど瘴気とは相反する存在だということだろうか。

悠長にしている暇はない。なんとかしてここから脱出しなければ。これが『古の漆黒』の抜け殻なら、奴《やつ》はまだこの世界から消滅していない。

奴の暴走が大陸全土を巻き込んでしまう前に、早くその息の根をとめないと……。

「あんな、あんなやつ……」

誰かのささやき声が聞こえた。思わず振り返る。真っ暗で何も見えないが、人の気配は感じない。

「あぁ……あの人、早く死んでくれたらいいのに……」

また、別の誰かのささやき。少し、聞き覚えがあった。サラの首に手をかけたとき、騒音のように耳元を流れていった不協和音。あれに似ている。

(……もしかして、瘴気の声?)

そう意識したせいか、途端に薄闇からいくつもの音が意味のある声となって耳になだれ込んでくる。

「あいつさぁ、むかつくよな。さっさと町からいなくなれよ」

「あんなやつ嫌い。父親なんかじゃない。誰か殺してくれたらいいのに」

「所詮平民なんて替えの利く道具さ。使えなくなったらとっとと捨てればいいだろ」

「ほんと、うまい商売だよな。こうも簡単に騙《だま》されるんだからな。ははっ、馬鹿な連中」

「あんたの! あんたのせいで息子は死んだんだぞ!」

「人殺し! 死んで償え!」

堰《せき》を切ったように、漆黒の空間に怨嗟《えんさ》の声が不協和音となってあふれ出してきた。

とっさに両手で耳を塞ぐ。しかしどうやら瘴気の声は内側に直接語りかける類のものらしく、その声からにじみ出る負の感情が心を蝕むのを止められない。

戦乱の世を生きた経験から、憎しみや悲しみのこもった言葉はある程度聞き慣れたものではあれど、聞いていて気分のいいものではない。

（……これが、瘴気の本質なのかしら）

ふと世界の理に触れたような気がした。長き年月にわたって人が蓄積させ続けた負の感情が、瘴気となって世界を蝕む。

先生の手記で魔素の話を読んだときに抱いた感情と、同じものが胸の内に浮かんだ。皮肉と、やるせなさ。

千年前、己《おの》が欲望のために戦争を繰り返した人類は、結果として魔素という封印を使いこむことによって自滅の道を歩みかけた。

そして今も、自分たちが感情を養分に提供して培い続けた瘴気によって窮地に立たされている。

なんという業だろう。結局人間は自分たちの手で自分たちの首を絞めている。なんの抵抗を試みても無駄なのだと、チェックメイトを突き付けられた気がした。

無意味なら、救っても仕方ないんじゃない？　胸の内からどろりとした感情が湧いて出てくる。身から出た錆《さび》だというなら、このまま報いを受けさせたって問題はないんじゃない？　自分の身を挺《てい》してまで、こんなくだらない世界を守ったところで……。

「!?」

気付けば思考がマイナスの方向に蝕まれそうになっていた。いけない、気を確かに持たなくては。

今も心にダイレクトに響いてくる怨嗟の声たちを無理やり意識の外へ追いやり、この状況を打破するための方法を考える。

中途半端な聖属性魔術では、おそらくこの瘴気の巣を突破することは不可能だろう。周囲の闇に打ち消されてしまう。

(なら、聖属性の力を一気に解放したら、あるいは……)

半端な威力ではダメなら、力を一点集中させて突破するのはどうか。やってみる価値はあるだろうけど、今度はこちらの体が耐え切れるだろうか。

下手をすれば、片道切符の大博打《おおばくち》になりかねない。それも確実にこの瘴気を祓《はら》い切れる保証もない。選ぶとしても最終手段だろう。

──こっち。

「……?」

どうしようかと方法を模索していると、誰かに呼ばれた。

──こっちよ。

それは女性の声のように聞こえた。瘴気の声に感じるようなおぞましさはない。鈴のように小さく、それでいて透き通った声だ。

直感で、呼ばれているのは自分だと思った。声の主の姿も、声のする方角もわからないのに、重く絡みつく瘴気の海の中をかき分けて進む。

どのくらい進んだのか、あるいはちっとも進んでいないのか、とにかく長い時間が経《た》った気がする。何の前触れもなく、視線の先に白っぽい何かが見えた。

（あれは……？）

なんだろう。ロウソクの光のような、吹けば消えてしまいそうな弱々しいものだったけど、見つめているとなぜか妙に安心する。

長い間離れ離れになっていた大切なものと、やっと、ようやく、巡り合うことができたみたいに……。

白い光が近づく。少しずつその輪郭が大きくはっきりしていく。時々瘴気の流れに不安定そうに揺らめきながら、その光の中に人影を見た。

足元まで伸びる長い銀髪、透き通るような肌、海の色とも空の色とも言えない不思議な青色をした瞳。

ドロッセルが大人になったら、こんな容姿になるかもしれない。そう思わせる雰囲気を残す美しい女性だった。

――わたくしはここよ。

女性の唇は動かず、ただ静かな微笑《ほほえ》みだけが浮かんでいる。だけど確信した。レティシエルに語り掛けているのは彼女だ。

――わたくしを、待っていたわ。

あなたは誰？　そう尋ねるより先に女性の声が頭に響く。彼女の手に、真っ白に輝く花が一輪、宝物のように大切に抱えられている。

わたくしを待っていた、と、この女性が言うのはどうしてだろう。彼女自身はそこにいるのに……。

返答もせず呆然《ぼうぜん》と青い瞳を見つめ返していると、女性は淡く微笑んだまま手に持っていた光の花を差し出してきた。

（……？）

葉はなく全てが真っ白な、およそ自然界に咲いているような植物には見えない花。花の形は……蓮《はす》に似ているかもしれない。植物ではないせいか、香りはしない。

――わたくしになら。

花を差し出す女性の笑みがいっそう深くなる。レティシエルの目には安堵《あんど》しているように見える。

――わたくしになら、きっと……。

言葉が最後まで続くことはなく、闇に溶けるように女性の姿が消える。その眼差《まなざ》しは、最後まで慈愛に満ちていた。

あとには彼女の残した白い花だけが、暗闇を切り取るようにぼんやり輝いて浮かんでいる。気づけばその輝きに目を奪われていた。

蓮に似た白い光の花からは、神聖な浄化の力の波動を感じる。疑問ではなく、純然な確信が体を貫いた。

（……これは、私が受け取らなくてはいけないものだわ）

聖属性の力の具現化であるこの花には特別な意味があると、聖霊姫の魂がささやきかけていた。

花びらに触れた瞬間、濁流のようにヴィジョンが頭に流れ込んできた。太古の世界の記憶が、自分のことのように蘇る。

人々の祈りが、太古の混沌《こんとん》から聖霊姫を生み出した光景を視《み》た。

人々に愛を受け、同じく人を愛するようになった聖霊姫の姿を視た。『古の漆黒』と対《たい》峙《じ》し、命に代えても世界を守り抜いた背中を視た。

暗闇の底でレティシエルが出会ったあの女性は、聖霊姫の残留思念だったものだ。

太古の昔、『古の漆黒』と熾烈《しれつ》な戦いを繰り広げ、死闘の末に封印した際、闇の中にかすかに取り残された、微弱な光。

安心感を覚えた理由はこれだ。もとは聖霊姫の……レティシエルの魂の一部だったものだ。懐かしく思わないはずがない。

それが自我を失うことなく悠久の時を越え、自身の生まれ変わりと相まみえる。まるで

奇跡だと、柄にもなくそう思ってしまう。

記憶の濁流は流れ続け、気付けばヴィジョンの中に見覚えのある景色や人々の顔が映り込むようになった。

遠くに見える長い城壁、闇を背に浮かぶ王城の影、半壊してしまった見覚えのある建物の前で、襲い掛かる霧の獣たちと戦う人々の姿がある。

（……ルクレツィア学園）

いつの間にか、今の時代の光景にまで移り変わっていた。これはかつてあった景色なのか、それとも今まさに流れている情景なのか。

その、どちらでも構わなかった。

戦っている人たちの中に、見知った者の姿をいくつも見つけた。

ルーカス、ミランダレット、ヒルメス、ヴェロニカ、エーデルハルト。ロシュフォードとクリスタの姿もある。

みな、無事だった。そのことにホッとしたため息がこぼれる。まだ終わりではない。自分にはまだ、戦う理由がちゃんと残っている。

「……！」

ふいに一陣の風が巻き起こる。風に乗って舞う光の花びらが、寄り集まるようにレティシエルの周りを逆巻く。

瘴気《しょうき》の闇がまたも急速に遠ざかっていくような気配がする。あたりに聖属性の力が満ちている。先ほどまでとは、まるで威力が違っている。

（いったいどうして……）

急に、こんなことが起きたのか。その答えはレティシエルが考えるまでもなく次いで差し出される。

脳裏を流れていく景色が切り替わった。いつの間にかレティシエルはアストレア大陸の上空に浮かんでいた。

眼下に、無数の人々の姿が見える。それは兵士だったり市井の人だったり子どもだったり老人だったり、千差万別だった。

だけどバラバラな彼らをつなぐように、同じ願いを胸に抱いていることはわかった。

膝をついて手を合わせている者、空を見上げて切実に瞳をにじませる者、指を組んで固く目をつむっている者。そこに共通する思い。

（……祈り）

それは世界の祈りだった。誰もが一心に手を組み、救ってくれる何かに向けて心を捧《ささ》げている。

かつて太古の昔に、人々の祈りに応えて聖霊姫は生まれたと、ティーナとディトたちも語っていた。同じ現象が、今レティシエルの身にも起きている。

大陸中から寄せられる、祈りの心。誰でもいい。どうかこの世界を救ってほしい。そう願う声なき声が、白い光となってレティシエルの中に注ぎ込まれていく。

力が湧いてくる。この瞬間だけ、聖属性の力に蝕《むしば》まれてきしんでいた体の痛みが、初めからなかったように吹き飛んでいた。

視線を手のひらに落とす。手に持った白い蓮の花はまだ美しい光を放っている。託された、最後の封印。

起動させる方法は、魂が覚えていた。蓮の花びらが一枚、また一枚と散り、レティシエルの足元を通って闇の彼方《かなた》へ飛んでいく。

花びらが一枚ずつ漆黒の中に消えていくにつれ、周囲の闇の中にぽつぽつと小さな光が灯《とも》り始める。

その光の間を埋めるように、白い線が浮かび上がる。漆黒の暗闇の中、点々と結んでいく白い光の糸はやけに目立つ。

やがて最後の糸が線を結び終える。それを見届け、レティシエルは暗闇の虚空に手をかざす。

花の紋様を描いたような魔法陣が展開され、漆黒の中に大輪の花が咲く。まるで泥の中から芽吹いて花開く本物の蓮のようで、あまりに美しいその姿に震えた。

自分の体を通って、急速に力が足元の術式に吸い取られていくのを感じる。

それだけ、膨大な力を有する術式なのだろう。ともすれば魂ごと巻き取られてしまいそうだ。

かつて聖霊姫が、己《おの》が命を賭して完成させた、究極の浄化魔術。この浄化の術式の名を、レティシエルは知っていた。

『光嵐の波』。最初にその単語を見つけたのは、ローゼンの礼拝堂で先生の研究書を読んでいたときだった。

妙な名前の術式だなと思った。これこそ『古《いにしえ》の漆黒』を倒す鍵になる術式のはずだと、先生も書いていたけど、肝心の術式本体は正体不明。

術式がわからないとなれば、当然使いようもない。だから記憶の片隅にとどめていた程度だった。

だけど今、この術式がなぜあんな変わった名前をしているのか、わかったような気がする。

あれほど漆黒に覆われていた空間に、あふれんばかりの光がこぼれている。それはまさしく嵐であり、闇を洗い流す津波そのものだ。

ぐるりと一周、高くそびえる光の壁が、レティシエルを中心に円を描きながら外へ外へと拡大していった。

空間を満たしていた闇が、強烈すぎる光に耐え切れないように次から次へと姿を消していく。どこから吹くのか、頬を撫《な》でる風に銀の髪が揺れる。

時々、あがくように黒い瘴気のかぎ爪がこちらへ飛んでくる。闇もまた、消されまいと必死になっている。

その光景を、レティシエルは凪《な》いだ心持ちで見つめる。攻撃がやってくるたび、足元に咲く蓮から花びらが舞い、それがかぎ爪を弾《はじ》いては浄化していく。

『光嵐の波』の中枢であるこの蓮は、レティシエルの意思に従順だった。力を注げばそれに応え、望むように動いてくれる。

光と闇がせめぎ合う境界線が、ずいぶんと遠くに見えていた。まだ、足りない。この空間から全ての瘴気を祓《はら》い浄《きよ》めるには、まだ威力が足りていない。

もっと強く照らしてほしいと思った。闇が入り込む隙間などないくらい、世界の隅々まで光で満たしてほしい。

たとえ消しようのない闇が残ってしまうとしても、そこにたった一筋でも救いの光が注いでいるというのなら、その光にレティシエルはなりたい。

守りたい場所がある。守りたい時間がある。守りたい人たちがいる。彼らとともに生きてきた、この世界が好きだから。

「……あなたのような存在に、奪わせたりはしないわ」

レティシエルの心に共鳴するように、足元に咲く『光嵐の波』がひときわ強く輝く。

聖属性の力はレティシエルの心と覚悟次第だと、そういえばティーナとディトに言われたことを思い出す。

心臓が燃えていた。身体と、本能が、警鐘を鳴らしている。これ以上は危険。本当に、戻って来られなくなる。

その気遣いに感謝して、レティシエルはその声にそっと蓋をする。わかっているのだ、そんなこと。

聖属性の力そのものが、そもそも人の身には余る力だった。それなのに、聖霊姫本人さえも命を賭けたような強大な術式を、人の子であるレティシエルが発動している。

限界が来ない方がおかしい。『光嵐の波』を使うと決めたあの瞬間に、戻ってこられなくなる覚悟はできていた。

戻れなくなっても構わないから、この世界を救えるだけの力がほしいと、本気で願ったのだ。

遠くからパリンと、ガラスが割れるような音が響いてくる。白く染まった空間にひびが入り、キラキラと欠片《かけら》が崩れて降り注ぐ。

まばゆい光の中、幼いドロッセルが無邪気に笑っている姿が視えた。声は聞こえず、その小さな口だけが動いた気がする。

ありがとう、と。

世界を蹂躙《じゆうりん》していた漆黒の怪物が、激しい断末魔の声を上げた。

その体にいくつもの銀色の線が走る。徐々に拡大しながらそれは怪物の全身を覆い、内側から殻を破るように、純白の光が怪物の体を裂いて大空を貫く。

空を隠す灰色の雲に、稲妻のような金色の光がまたたく。

濃い雲の間をかき分けるように光のヴェールが顔を覗《のぞ》かせ、白い光の全てを呑《の》み込んだ空に変化が起こる。

白い光の柱が空に開けた穴から、白く輝く花のつぼみが姿を見せた。稲妻に似た光がまるで根のように蕾《つぼみ》の周りを取り囲んで寄り添っている。

穏やかな風が大陸全土を包み込み、ゆっくりとつぼみが開いていく。息を呑むほどに美しい大輪の水連だった。

開いた花弁からこぼれ落ちるように、雪のような小さな光たちが風に乗って世界に降り注ぐ。

季節外れの雪景色が連れてきたのは、浄化と再生の息吹だった。世界を侵食する霧も瘴気も、光の雪に呑まれて薄まっていく。

その光を浴びた瘴気は浄化され、その光に触れた者の傷は跡形もなく癒えていく。

大地に吹き上がっていた黒いマグマは光を呑み込んで再び深淵《しんえん》の底へ沈んでいき、大地を揺らす禍々《まがまが》しい震動は少しずつ収まっていった。

ある者は神に感謝をささげ、ある者は驚きのあまり目を見開き、ある者は仲間と抱き合って生還を喜ぶ。

それはまさに奇跡そのものだった。

小さな光の雪を全身に浴び、漆黒の怪物が霧散していく。静かに、音もなく、世界から退場していく。

長きにわたって空を隠していた灰色の雲が、少しずつ晴れていった。金色の陽《ひ》の光が大地に差し、世界を黄金色に照らす。

雲間に根を張り、大空に花咲く逆さまの水連。この世のものとは思えぬほど幻想的な風景を、地上に立つ人々はただ呆然《ぼうぜん》と見上げた。

その花が役目を終えて空から散り始めるまで、いつまでも、いつまでも。

＊＊＊

冷たく湿った石の床の上で目を覚ました。

ラピス王城の、玉座の間。あの漆黒の空間から、どうやら現実世界に帰ってこられたらしい。

視界に映った自分の指先が震えている。寒いとは感じないが、体が氷のように冷えている自覚はあった。

鉛のように重い体を引きずって無理やり上半身を起こす。

瞬間、視界の隅に火花が散る。ぐらぐらと目の前の景色が揺れているのは、ひどいめまいに襲われているからだろう。

口から荒い息がこぼれていた。息を吐く音がずいぶんと遠くに聞こえる。まるで自分ではない誰かの息遣いを聞いているような気分だ。

（……あいつ、は）

どうなっただろう。『光嵐の波』は発動したはず。無傷でいるとは考えられない。

視線を巡らせる。目的のものはすぐに見つかった。レティシエルのいる場所よりも奥、朽ちかけた玉座のところに、黒い霧のオーブのようなものがもがいていた。

その麓には、白い蓮《はす》の花が咲いている。花の形をした、封印の術式。聖なる光の檻《おり》にとらわれ、それは身動きが取れないようだった。

あれが、『古の漆黒』の核だと瞬時に悟った。あれを封じれば、戦いが終わる。レティシエルの役目が終わる。

震える手足を叱咤《しった》して立ち上がる。ぐらりと世界が反転する。体の節々が切り裂かれたように痛む。息を吸うことさえ苦痛だ。

　また、血を吐いた。ばしゃりと床に派手に広がった血痕は、人間の血とは思えないほどどす黒かった。

　限界が近い。嫌でもそのことを自覚した。ひたひたと、足元から死の臭いが迫ってきている。

　踏み出すたびに針に刺されるように痛む足を、一歩一歩前進させる。限界が近いなんてわかっている。それでももう少し、もう少しだけ、命令に応えて。

「はぁ……はぁ……」

　息をするたび、身を削《そ》ぐような痛みに襲われる。何も考えず、ただ歩みを止めないことにだけ全神経を集中させる。

　時間が過ぎるのがやけに長く感じた。横たわっていた場所から玉座まで、さほど遠い距離でもないのに、何時間もかかったように錯覚する。

　ようやく、玉座へたどり着いた。漆黒の核はその場に縫いとめられたままだ。

　レティシエルには二つの選択肢があった。太古の昔と同じように『古の漆黒』を混沌《こんとん》ごと封じるか、サラの望むようにこのまま核ごと握りつぶしてしまうか。

「……」

　脳裏に、走馬灯のようにヴィジョンが流れていた。あの闇の空間から生還し、再び目を覚ますまでの間に視《み》ていたものだった。

漆黒の核がうごめいている。それにかざされる手のひらがあった。

その手の主は目の前の核の正体を理解していた。それは『古の漆黒』の核であり、混沌の源でもあった。

自らの内側から生み出したはずの瘴気《しようき》に、いつしか混沌のほうが逆にとらわれていた。

負の情念に限りはなく、堕《お》ちて呑まれて濁りきってしまった。

少しだけ、考え込んで手が止まる。自分の、取るべき選択はどちらなのかと、迷ったのは一瞬だけだった。

——それでいいの？

頭の中で、誰かの声がした。

サラの声のように思えたが、ドロッセルの声のようにも思える。あるいは聖霊姫のものだろうか。わからない。

誰とも判断つかない声が、淡々とレティシエルの心に問いかけてきていた。

本当に、その選択でいいの？　と。

見下ろした両手には、サラを絞め殺した感覚が染みついている。まだ生々しさを残しているその感触を振り払い、光の蓮に手をかざす。

これでいいんだと、内なる声に答えながら。

最後の術式が発動する。漆黒の核を捕らえていた花びらの檻が、つぼみに戻るようにその無数の花弁をゆっくりと畳み始める。

（……あなたを、封印するわ）

白き蓮にかざした右手の先に、銀色の魔法陣が描き出される。それに呼応するように蓮の花びらが輝きを増す。

レティシエルの意思に忠実に従い、浄化の花は漆黒の核を破壊し尽くすことなく、ただ光で包んで塗りつぶすために呑み込んでいく。

混沌の消滅を、サラは望んでいた。瘴気と闇を生み出す根源など、この世から失《な》くしてしまうべきだと。

だけどあの漆黒の空間を得て、レティシエルには視えていた。混沌の本質と、世界の始まりが。

はじめ、世界には混沌だけがあった。やがて混沌から大地が生まれ、空が生まれ、闇が生まれ、光が生まれ、人が生まれた。

サラの望んでいた通り、混沌と融合してしまっている今の『古《いにしえ》の漆黒』の核は、壊してしまえば混沌をも道連れにできてしまうだろう。

だけどどうしても、その選択が正義だとは思えなかった。

この世に存在する全ての物は、みな等しく混沌より生まれ、死して混沌へと還《かえ》る。ならば、混沌を消すことは果たして正しいことと言えるのだろうか。

混沌がなくなれば、世界から闇や穢《けが》れは消えるかもしれない。二度とそれらが生まれることもなくなるかもしれない。

でも同時にそれは、何もかもを等しく無に帰すのと同義のように思えた。

それは、いやだった。混沌が全ての始まりであり終わりであるなら、消したところでなんになるというのだろう。

あの漆黒の空間で聞いた、数多《あまた》の怨嗟《えんさ》の声。あれは世界の闇であり、人の闇だった。人の心からも消し去れないカオスを、世界から消し去ろうとするのは傲慢だ。

だから、混沌を失くすことは、しない。

（サラ……あなたは怒るかしら？）

怒るかもしれない。あの子はその結末こそを望んでいたのだから。

いずれ闇が復活するときがくるかもしれない。混沌が消えない以上、瘴気もまた人や光と同じく生まれ続けてくる。

母なる混沌が再び、自らが生み落とした瘴気に呑まれることは起こるかもしれない。それでもきっと、この選択を後悔したりはしない。

何度でも、この魂は同じ選択を繰り返すだろう。蘇《よみがえ》るたび、闇と戦うことを選び続けるだろう。

それに……いつかまた、混沌からこの世に生まれてくるかもしれないあなたの魂と、再び巡り会える機会も失われてしまうもの。

淡々と、無機質に、等間隔で白き花弁は閉じ続ける。ギリギリと、漆黒の核がつぶされていくような音がする。

その大きさと比例するように、自分の内側からも何かが核に引き寄せられようとしているのを感じた。

引きずられているものが何か、レティシエルにはわかるような気がした。多分、この封印の術式に引っ張られているのは、この魂そのものだ。

混沌より最初に生まれた『古の漆黒』が闇の象徴だというなら、同じく混沌から生まれた聖霊姫は光の象徴だろう。

二人は鏡合わせの双子のようなもので、聖霊姫もまた、混沌にずっと近しいところに存在していた。

その混沌を、『古の漆黒』ごと封じようとしている。聖霊姫も混沌に近しい以上、それもまた封印する対象となり得る。

（……なんとなく、予感がする）

この封印が完成したとき、レティシエルもまた眠りにつくことになるだろう。そんな予感。

やがて蓮の花弁は完全に閉じ切り、漆黒の核は純白のつぼみに包まれて姿形さえ見えなくなった。

数秒ほどの沈黙。白い花のつぼみが輪郭を失くし、布がほつれるように崩れ始める。

遠くから、扉を叩《たた》くようなノック音が聞こえる。なんの音だろうとうまく働かない思考の隅で考えていると、突然手に小さな重みが乗りかかる。

少しだけ視線をずらし、重い腕をノロノロと持ち上げると、手のひらに小さな結晶が転がっていた。乳白色の半透明の結晶。

決戦の地まで持っていくようにとキュウに言われた、世界樹の種から生まれ出た謎の結晶体。

「……」

それがかつてスフィリアの神殿を指し示したとき以上に眩《まぶ》しく輝いている。ふわふわと明滅しながらほつれる光の糸に共鳴するように。

——おいで、おいで。

また、声がする。光がほどけていった先に、その場には赤子のように無垢《むく》な光が残されていた。

招かれるまま、結晶を近づける。結晶はひと際強くまたたいたかと思えば、あっという間に光の中へと吸い込まれていく。

一度落ち着きを取り戻した光が、再び天を衝《つ》くほど膨張し始める。ざわざわと風の音のようなものが耳をかすめ、それが嬉《うれ》しそうに聞こえて息を呑《の》む。

無数の枝が光から派生していくのが霞《かす》む視界に辛うじて映る。足元の地面がたゆむ感覚に目を落とせば、根を張るように四方に光が広がる。

光の中から、白に近い金色の大樹が現れた。白と黒のまだらの葉をつけ、星のように頭上の空を覆い尽くして輝く。

世界樹。精霊がそう呼んでいた最後の謎が、今目の前にある。さすがに予想外で、時間も忘れて見入った。

瘴気に呑まれかかっていた混沌が、己を蝕《むしば》む瘴気から解放された。そして世界樹の種が育んだ結晶を取り込み、その形を変えた。

（そういう、ことね……）

キュウも言葉を濁していた世界樹の正体が、急に手元に転がり落ちてきた。

瘴気が具現化した象徴が『古の漆黒』ならば、世界樹は全てを生み出し呑み込む混沌そのものの具現化かもしれない。

結晶が取り込まれたのが何よりの証拠だろう。世界樹の種が吐き出したのは混沌の欠片《かけら》だった。それが元の場所へと還り、完全な姿になった。

瘴気の侵食から解き放たれた今は、もしかしたら混沌が最も原始の姿に近い状態になっているのかもしれない。

手を伸ばすと、手のひらの上に白と黒の葉が一枚ずつ落ちる。

いわゆる植物的な葉とは違うことは直感で察していた。白い葉は徐々に透けて透明になっていき、黒い葉は少しずつ色が抜けて白に近づいていっている。

それはどこか懐かしさを伴う光景だった。心当たりは、ある。太古の昔、同じ景色を聖霊姫は見ていた。

そうして世界樹の出現をもって、浄化と封印が成されたことを知った。

浄化の花は完全にその役目を終え、世界樹が枝を伸ばすほど術式を構築していた光はほどけていき、洪水となってあたりを濡《ぬ》らす。

足首まで浸《つ》かった状態で、星のように空へと散っていく淡い輝きを見送る。視界をよぎった自分の髪が、かすかに透けていた。刻々と、終わりが近づいている。

「ドロッセル様！」

声がした。レティシエルの今世の名を呼ぶ、聞き覚えのある声。

のろのろと首をひねって振り返れば、こちらに向かって駆けてくる黒い髪の少年の姿がぼんやりと見えた。

（……ジーク）

必死にこちらへ手を伸ばすその腕には、レティシエルが残していったブレスレットが淡い光を帯びてつけられている。

その光景に安堵《あんど》を覚えた。これでもう、大丈夫。世界はきっと、救われる。最後の鍵を持つ者が、運命の地へたどり着いたから。

あのブレスレットが、最後のドゥーニクスの遺産だった。

レティシエルたちのすぐそばにあったのに、ただ本来の持ち主に出会えないまま、その真の姿も力も解き放つことができなかったにすぎない。

あたりを包み込む光が一段と強くなる。眩しさのあまり、ジークの目が細められたのが見えた。

それでも諦めずに伸ばされている彼の手を、摑《つか》み返せたらどんなによかっただろう。その程度の力も、レティシエルには残っていなかった。

視界が白く染まっていく。もう、ジークの姿も見えない。真っ白の世界で、レティシエルはひとりぼっちだった。

光の向こうで、誰かが手招きをしている。不思議と、怖いと思う気持ちはなかった。

＊＊＊

ドロッセルに向かって伸ばした手が宙をかく。あたり一面が白い光に包み込まれ、目を開けていることさえままならない。

宙をかいたままの手を無意識に握り込み、ジークは光の洪水が去っていくのをただ待つことしかできなかった。

名前を呼んだ声は、確かに届いたはずだ。あの方は振り向いた。左右異なる色の瞳がこちらを捉えたのを最後に、光が全てをかき消していった。

「……」

再び色彩を取り戻した世界に、ドロッセルの姿はなかった。中途半端に突き出した自分の手の先は空っぽで、人がいた形跡すらない。

急いで周囲を見回す。崩れ落ちた瓦礫《がれき》や、大地をえぐったような痛々しい跡。戦いの生々しい傷ばかりが横たわり、ジークだけが一人取り残されている。

はっきりと理解した。自分は間に合わなかったのだと。

あの方は……ドロッセルは、この世界から消えてしまった。あの光が連れ去っていってしまった。

この手がドロッセルに届いていたとして、この結末を避けられたのかもわからないのに、激しい後悔だけが深く胸を打ちのめす。

（まだ何一つ、あなたにお話しできていないのに……）

こんなにもあっさり、終わりが来てしまうとは思ってもいなかった。

灰色の雲を裂いて、空が淡い金色を帯び始める。世界を覆っていた闇が晴れ、少しずつ光が戻っていく。

まるで金色のヴェールが世界に垂らされているようだった。雲間を縫って丸い光が雪のようにハラハラと舞い落ちている。

その光の雨とヴェールの中、白金の大樹が悠々と枝葉を広げていた。つい先ほど、光とともに大地に根を張り、白と黒の葉を落葉させている。

それは息をすることさえ忘れてしまうほど、ひどく幻想的な光景だった。

握り込んだ手の中に固い感触がある。伸ばしていた腕を下ろし、ゆっくりと指を開く。光を反射し、白金の輝きが視界にひらめく。

「……これは」

見覚えのある髪飾りだった。ドロッセルがいつも髪につけていた、三日月の形をした簡素な髪飾り。

息が詰まった。叫び出したい欲求に駆られた。あの強烈すぎる光の中で、何が起きていたのかはジーク自身にもわかっていない。

だけど、この手は届いていたのだろうか。あの方の背中に……。

その場に呆然《ぼうぜん》と立ち尽くしていると、片腕が光に包まれていることに気づく。髪飾りを持っている側の腕を、目の前まで持ち上げてみる。

手首につけていたブレスレットが光を放っていた。占星の塔で、ドロッセルがジークに託していったブレスレット。

（……わかっている）

わかっているよ、父さん。

ブレスレットを外し、天にかざす。ブレスレットにはめ込まれているガラス玉のような水晶が、金色に輝く空を透かして小さく虹を描き出す。

果たすべき役割は理解している。ドロッセルと、父に託された、最後の封印の起動。

水晶の中に刻まれていた、三角形をかたどった白い術式が、ふっと水晶から抜け出して宙に浮く。

その術式に魔法をかける。遠い昔、記憶の片隅に刻み込まれた不思議な紋様のことを、今ならはっきりと思い出すことができる。

鍵を打ち込まれた術式が金色の輝きの中に溶けていく。ジークを中心に風が巻き起こり、周囲の光を吸い込むように渦を巻き始める。

先ほどドロッセルを呑み込んだ光にも劣らない、強烈な光。

この場所からは、当然アストレア大陸全土を俯瞰《ふかん》することなんてできない。だけどジークには視《み》えていた。

足元から広がるこの無数の光の線が、大陸中を駆け巡っている。記憶の中で見た、あのカラフルな太陽の形の魔法陣。あれを大陸に描きあげるために。

太陽の魔法陣が完成していく。

空から降り注ぐ金色の光に呼応するように、大地から銀色の光が立ち上る。ゆらゆらとたゆたうそれは、地上にかかるオーロラのようだった。

銀色の光が強まれば強まるほど、肩にのしかかるように重たかった空気が徐々に軽くなっていくのを感じる。

世界を蝕もうとしていた瘴気《しょうき》が、浄化の光に照らされて完全に消滅していく。

先ほど空より降った光の雪から逃げ惑ったわずかな瘴気も、太陽の魔法陣は決して逃さない。

全て余すことなくさらっていき、本当の意味で世界を綺麗《きれい》に染めていく。ヒュオオと甲高く響く風の音が、瘴気たちの最後の断末魔の声のように聞こえた。

これが、太陽の魔法陣の本当の力だった。穢《けが》れを祓《はら》い、邪気を清め、世界を元ある姿へと還《かえ》す。

目は、そらさなかった。全てを託された者として、この景色を見届けたかった。今度こそ、戦いは終わった。そう、確信するためにも。

ドロッセルがしたことは、『古《いにしえ》の漆黒』の浄化と混沌《こんとん》の封印にすぎない。

この世界にあふれ出し、侵食を始めている瘴気はあふれたままで、勝手に消滅することはない。

そして封印に全ての力をつぎ込んだ者に、それをカバーできる余力は残されない。だから太古の昔にも、封印が完了した後に精霊という存在が必要だった。

太陽の魔法陣は、精霊の代わりを成すものだ。北斗七星の大陸魔法陣を相殺するための陣。そこに最後のピースが正しく嵌《は》まることで、浄化の術式に上書きされる。

あの方はおそらくわかっていらした。

だからこのブレスレットをジークに託した。最後の術式を起動する鍵がジークだと気づいて、自分の代わりに世界の命運まで託していったのだ。

父の友人であったというデイヴィッドは、この二重構造のことを知っていただろうか。今となっては確かめようもない。ただこの状況を知ったら、きっとよかったよかったと笑うような気がした。

頬に冷たい感触が当たる。空から冷たい雫《しずく》が降り注いでいた。金のヴェールを垂らす灰色の雲間から、細い雨が降っている。

まるで世界が嬉し涙を流しているようだ。雨に濡れるのも構わず、その美しい光景をぼんやりと眺める。

さわさわと木の葉が擦れるかすかな音が風に乗って運ばれてくる。頭上では輝く大樹が白と黒の葉を揺らしていた。

通常の植物ではないだろう。まるで世界の中心に来てしまったように、唐突に自分がひどくちっぽけに思えて、言葉を失《な》くして見上げることしかできない。

最後の瞬間、この場所で何があったのか、この大樹がなんなのか、ジークにわかっていることは遥《はる》かに少ない。

ただ一つわかるのは、この美しき大樹が世界に平和が戻ったことを示してくれていることだけだった。

瘴気が浄化されたラピス王城の地に澄んだ風が吹き抜けていく。もうどこかで草木が芽を出したのか、それはかすかに若葉の香りを含んでいた。

世界は確かに救われただろう。『古の漆黒』は封印され、混沌も再び世界の奥底で永い眠りについた。人々は瘴気の侵食から解放され、また日常に帰ることができる。

喜ばしいことのはずなのに、この胸に渦巻く虚《むな》しさはなんなのだろう。これでよかったのだと、思えないのはどうしてだろう。

「……ドロッセル様」

手に持ったままだった髪飾りを指先で撫《な》でる。華奢《きやしゃ》な銀色の三日月は、ふとした瞬間に壊れてしまいそうで恐ろしい。

ジークの手が摑んだ、ドロッセルがこの世界に存在していたことを示す証《あかし》。世界からあの方がいなくなった今、この小さな装身具が唯一のよすがだった。

髪飾りにそっと口付けを落とす。ドロッセルを連れて行った光が、未《いま》だまぶたの裏に焼き付いて離れない。

必死に伸ばした手の先で、あの方は確かに微笑《ほほえ》んでいたように思う。頬を伝った雫が雨なのか涙なのか、自分には判断がつかなかった。

終章　光ある世界で

レティ……。レティ……。僕の声、届いているかな。

まさか、君がこんなところに来てしまうなんて、驚いたよ。世界のために自分の身も投げ出せちゃうなんて、本当に変わらないね。

……少し、昔話をしてもいい？　またこうして君に会えるとは思ってもいなかったから、ちょっとだけ。

初めて僕たちが出会ったときのこと、覚えてる？　空から降ってきた僕を、君が見つけてかくまってくれた。

場所は……城の中庭だったたね。噴水や花壇の代わりに一面芝生で、剣の稽古中だった君が木剣を持っていたから、最初は怖かった。言葉も通じないし、戦争中みたいだったし。

でも、君は嫌な顔一つせずそばにいてくれた。ずっと僕を助けてくれた。君が居なかったら、あの殺伐とした世界に右も左もわからないのに放り込まれて、僕はとっくにやけになっていたかもしれない。

君だけじゃない。王様にも、国の人たちにも、助けられてばかりだった。少しでももらった善意に応えたくて、自分にできることを模索した。僕は、戦闘に関してはからっきしだったから。

……話したいこと、たくさんあると思っていたんだけど、ありすぎて実際話そうってなると、上手《うま》くまとまらないな。

君と過ごした時間は、全部昨日のことのように覚えてる。初めて一緒に城下へお忍びに行ったこと、君に想《おも》いを伝えた日のこと、結婚したときのこと。……君を置いて、先に逝ってしまったときのこと。ごめんね、最後まで一緒にいてあげられなくて。

ナオって、君に名前を呼ばれるのが心地よかった。この世界に転移してきたことは、全部が全部僕にとって幸福だったとは言えないけど、それでも君に出会えたこと、君と共にあれたこと、僕にはもったいないくらいの幸せだったよ。

たとえ千年の時が経《た》とうと、それだけは、伝えておきたかった。

……ねえ、レティ。もし、このまま一緒に来てほしいって言ったら、君はどうする？

……。……そっか。そうだよね。君は、そういう人だったよね。

君の気持ちはわかってる。わかってるんだ。

でもね、ずっと考えていたんだ。僕の魂が元の世界に還らず、今もこの世界に残り続けているのはどうしてなんだろうって。

そうだね。正解なんてきっとない。だから自分で正解を決めることにした。レティ、僕はね、このときのために魂のまま生きてきたんだと思う。

……そろそろ、お別れが近いな。レティ、君が好きだよ。君の身に宿った呪いも、君の魂に刻まれた宿命も、僕が全て連れて行く。
だからどうか、
この世界で生きてほしい。

＊＊＊

一度は滅亡寸前の憂き目に遭ったというのに、今日もアストレア大陸は変わらない日常の中にいる。

荒野を吹き抜ける砂混じりの風に、かぶっていたローブのフードを深くかぶり直す。照り付ける陽《ひ》が眩《まぶ》しくて、青空を仰いでは目を細める。

ジークは今、プラティナ王国の外にいた。あの最後の戦いから、気付けばあっという間に数年が経過していた。

あの戦いの直後、ずっと病床に伏していらしたオズバルド王が全てを見届けたように崩御された。ライオネル殿下が新たな王として即位され、今なお各地に残る厄災の爪痕の復興に尽力されている。

イーリス帝国との国交も回復しつつあると聞く。とはいえ一度亀裂が入った関係が容易に元通りになるわけもなく、今はお互い手さぐりで交流を続けている。

ついこの間も、皇族の血を引く令嬢とライオネル陛下の婚約話が取り沙汰されていたけど、果たしてまとまるかどうかは神のみぞ知る、だ。

ドロッセルの同級であったジークたちも、ルクレツィア学園を卒業した。およそ穏やかとは縁遠い学園生活ではあったが、みな各々自分の望んだ道へと歩んでいる。

ミランダレットは教師、ヒルメスは騎士、ヴェロニカは魔法の研究者。ロシュフォードとクリスタは戦いの後また姿を消してしまったが、あれから行く先々で人助けをする二人組の男女の旅人の噂《うわさ》を耳にするようになったので、今もどこかをさすらっているのだろう。

友人たちがそれぞれの道で活躍し始める中、ジークだけは王都を去る選択をした。学園長にも先生方にもずいぶん惜しがられたが、その選択を覆そうとは思わなかった。

純粋に、この世界を旅してみたかった。父が守ろうとして、ドロッセルが守ったこの世界を、自分の目で見て、聞いて、記憶に焼き付けておきたかった。

ジークに残された人生はまだまだ長い。少しくらい寄り道をしても、きっと許されるはずだ。

旅をするにあたって、旅好きのエーデルハルト殿下には何かと世話になった。

ジークたちより一つ下の学年だった殿下は、卒業式を終えたその日のうちに王都から遁《とん》走《そう》したらしい。

らしい、と言うのは、かつて帝国の宿場町で殿下にばったりお会いしたとき、ご自身で武勇伝のように語っていらしたのを聞いたにすぎないからだ。

不思議なことに、殿下とジークはかなりの頻度で顔を合わせる。それも旅先で。

先日もローゼンの町に立ち寄ったら、アーシャとメイと一緒に滞在していらして驚いた。

ローゼンには何度か足を運んでいらっしゃるらしい。

「いやぁ、旅の途中でふと目的が途絶える瞬間ってあるだろ？　次はどうしようかって迷う瞬間。そういうときだいたい足が向いちゃうんだよね、『白き聖女』ゆかりの地にさ」

スフィリア地方のクリスマスの塔とかね、と殿下は肩をすくめていた。多分それが、この偶然を引き起こしている理由だろうと察した。

最後の戦いからしばらくして、大陸各地で『白き聖女』の伝説が語られるようになった。

世界の危機に際して古《いにしえ》の眠りから目覚め、その聖なる光と無限の力をもって世界を蝕《むしば》む闇を祓《はら》った、偉大なる女神の化身。

場所によって呼び方はまちまちで、救世の女神とか、聖なる魔女とか、色々な物語が広まっているが、聖女の名前が挙げられることはない。

だけどジークにはわかっていた。きっと、エーデルハルトもわかっている。

ドロッセルだ。ドロッセルが決戦の地までに辿《たど》った道筋が、言動が、伝承となって独り歩きしている。

あの方の旅した軌跡を、ジークもまた無意識にたどることがあった。つい足が向くという、殿下と同じ理由だ。

岩陰で横転した荷馬車を見かけた。そのそばでは行商人と思《おぼ》しき男と少女が途方に暮れている。恐らく親子だろう。

旧ラピス國《こく》領は、未だあの戦いの傷を根深く引きずっている。国としての体裁は崩壊してしまったが、新しい国ができる気配はまだない。

今は生き残った人々が寄り集まって町を作り、自治することで日々を過ごしている。帝国王国の両国からも援助の手は伸びているが、まだまだ先行きは不透明だ。

「兄ちゃん、ありがとよ！」

「助かりましたー！　ありがとう、旅人さん！」

魔法で壊れた車輪を修復すると、行商の父娘《おやこ》は嬉《うれ》しそうに笑った。手を振る二人に会釈を残し、ジークはまた歩き出す。

魔素はあれ以来消滅したままで、魔術も今では幻の力となった。だけどこの世界は今日も平和で、混沌《こんとん》を封じるために在る魔素が、決して存在そのものを失くしたわけではないことを証明している。

形を変え、概念を変え、世界の深淵《しんえん》を漂いながら今も混沌を封じ続けているだろう。番人として一緒に封印の眠りについた精霊とともに、人には干渉できない形となって。

（……そろそろ見えてくるかな）

ローゼンの町を旅立ってから半日ほど経とうとしている。

今、ジークはある場所を目指していた。ローゼン郊外の丘に建つ、かつてラピス城と呼ばれていた王城の跡地。

最後の戦いの舞台となった場所、ジークが生まれた場所。太陽の魔法陣を完成させたあとの記憶は曖昧で、気持ちに整理がついた今、改めて訪れてみたかったのだ。

かつてこの地にはリジェネローゼという国もあったというが、それに関しては地元の長老からの又聞きなので詳しい話は知らない。同じ場所に、それぞれの時代に別々の国が存在した。ラピス國が瓦解した今、次は何がこの地に興るだろう。

城跡に踏み込むと、あのときと変わらず瓦礫《がれき》が散乱していた。背の高い雑草たちを踏んで丘を上る。最終決戦の場となったラピス王城は、あの戦いの影響か建物も崩れ、すっかり原形をとどめていなかった。

その跡の横を通り、裏側に回ってみる。少し、開けた空間があった。建造物のような跡はなく、手入れは当然されていないが一面が芝生になっている。

かつては広場か、あるいは城の中庭の類だったかもしれない。その中心に立ってみると、草木が揺れる音がやけに間近に聞こえてきた。

今では俗称として世界樹と呼ばれるようになっている、あの白金の大樹が目に入る。かつてと少しも変わらない姿で静かに下界を見下ろしている。

最初に見たとき、葉の色は白と黒の均等なまだら模様に近かったが、今は多くの葉の色が抜け落ち、空に浮かぶ雲にも似た真っ白な樹冠になっていた。

(封印は順調……ということかな)

大樹の正体について、人類が明確に把握できていることは多くないが、その葉の色が瘴《しよう》気《き》の侵食具合に比例するとわかったのは最近のことだ。

発見者はエーデルハルトだった。ジークが旅立つ直前のことだったから、王都がその件で沸いていた記憶は残っている。

彼がローゼンの町を頻繁に訪れるのは、世界樹のことを調べるためでもあると本人から聞いたことがあった。

この白い樹冠に黒い色が広がるとき、必ず世界のどこかで黒い霧に関係した事件が発生する。

瘴気の脅威も侵食も、すでに浄化されて封印が施されている。しかし封印が安定するまでには少々期間を有するらしく、今も時々闇の抵抗が世界ににじみ出るときがある。

封印のおかげでさすがに瘴気があふれるような事態にはならないが、生態系に影響が出たり奇病が発生したり、まだまだ爪痕は根深い。

世界の異変を、その身で示す。この大樹が人々に〝世界樹〟と呼ばれるようになったのはあながち間違いでないのかもしれない。ある意味、世界の心臓のようなものだ。

いつか枯れる日が来るのか、それとも永遠にこの地に根付き続けることになるのか、今はまだ誰にもわからない。

「……」

吹き抜ける風に手を当て、過ぎ行く時間を想う。目を閉じれば今でも、まぶたの裏にあの方の後ろ姿がはっきりと映る。

ジークにはもう一つ、旅に出ようと思った理由がある。捜し人がいるのだ。

ドロッセルの死亡届は出されていない。ドロッセルに仕えている使用人たちがそれを拒んでいるのだと聞いた。だから今も行方知れずという扱いだった。

あの日、あの光とともに消えたのを目撃したのはジークだけで、そのジークにさえ、ドロッセルの生死はわからない。

だけどなんとなく、今も生きているような気がしてならない。根拠のない自信といえばそうなのだろう。だとしてもこの勘を、自分は信じていたい。

懐から小さな巾着を取り出す。口を開ければ、中には三日月形の髪飾りが入っている。

戦いが終わって、日常に戻ってもこれはずっと肌身離さず持ち続けていた。気付けばお守りのようなものになっている。

あの方が残したこの髪飾りがある限り、いつかどこかで生きているあの方にたどり着ける。そう思うとこれからも手放せそうにない。

「……ドロッセル様」

世界樹の樹冠越しに空を仰ぐ。口に出して名を呼んでみても、答える声はない。あの方によって救われた世界で、あの方だけがいない。それが時々、虚《むな》しい。

「……？」

青空を見上げていると、ふと空から彗星《すいせい》のような光が落ちてきていることに気づいた。こんな昼間に、彗星が落ちるなんて珍しいことがあるものだ。特に意味もなく見つめていたが、その光は徐々にこっちへと近づいてきている。

（……なんだ？）

どうやら落下地点はこのあたりになりそうだ。首を傾《かし》げてじっと目を凝らす。

少しずつ、光が大きくなっていく。その内側に、何かが見えた。人……のような影に見えるけど、まさか空から人が降ってきたとでもいうのだろうか。

彗星はゆるやかな線を描いて地上に向かって落ちてくる。視界の端に、銀色がひらめく。吹き上げる風にあおられ、絹のような髪が宙を舞う。

「……！」

一瞬、呼吸を忘れた。彗星の中に、いるはずのない人の姿を見た。

紫色のローブに白いブラウス、ラベンダーのスカート。かつて光とともに消えたときから、何一つ変わっていないドロッセルの姿がそこにあった。

無意識のうちに、足が動いていた。初めはゆっくり、やがて小走りに。落ちてくる星に向かって走る。

両腕を伸ばし、ドロッセルを抱きとめる。その軽さにギョッとしたのは一瞬で、大きく動かさないよう腕に抱いたままそっと地面に下ろす。

腕の中で眠る彼女の体は温かかった。生きている。死んでいない。その事実がたまらなく嬉しかった。

小さくドロッセルのまぶたが震える。ゆっくりとまぶたの下から赤と青の瞳がのぞき、懐かしい眼差《まなざ》しがこちらを射貫《いぬ》く。

「……ジーク？」

名前を呼ばれて頷《うなず》く。声まで変わらない。まるであのときから、彼女の時間はずっと止まっていたかのようだ。

「……変ね」

黙ってこちらを見上げていたドロッセルが、ふいに口を開く。ぐっと眉間にしわを寄せ、懸命に目を凝らしている。

ゆっくりと伸ばされた白い指先が何かを探すように宙を泳ぐ。その手をそっと包み込むと、存在を確かめられるようにかすかに握り返される。

「あなたの顔がよく見えない。私、目が悪かったのかな」

再会して最初に気にすることがあまりに些細《ささい》で、思わず笑ってしまった。

ドロッセルは不思議そうにしている。少し背をかがめて、彼女と目線を合わせるように顔をのぞき込む。これなら、見えるだろうか。

「……」

視線が交わる。ドロッセルの瞳の焦点が、ようやく合った。無言のまま、彼女はじっとジークを観察した。思うことがあるのか、じーっと穴が開くほど見つめてくる。

「大人に、なった？」

記憶の中にあるジークと、目の前にいるジークがうまく一致していないのだろう。

当然だ。変わらない彼女と違って、ジークの時間は流れ続けていた。身長は伸びたし、年を重ねて顔つきも昔のままではなくなっている。

「あれから、数年が経《た》ちますから」

「……そう」

あまり実感がわいてなさそうな、どこかぼんやりとした表情だ。

ドロッセルの目がジークから外れ、自分のいる場所を確かめるように周囲をゆっくりと巡っていく。

話したいことがたくさんあるはずなのに、ありすぎて何を話せばいいのかかえって言葉に詰まって声にならない。

エーデルハルト殿下にお知らせしないと。今からローゼンへ戻れば会えるだろうか。しばらく滞在するとおっしゃっていたけど、念のため急いだほうがいいかもしれない。

王都のみんなにも、手紙を出さないと。時々友人らに会いにプラティナへ戻ったりもするけど、普段は手紙でばかりやり取りしている。

そういえば、近いうちにミランダレットとヒルメスが婚姻すると、直近の返信には書かれていたけど、今から手紙を出せば式に間に合うかな。

いろいろなことが頭の中をぐるぐると巡り、考え事も上手《うま》くまとまらない。だけど今、伝えなくてはいけない言葉がある。

「ドロッセル様」

ずっと答える者がいなかった名前を呼ぶ。景色を眺めていたドロッセルの眼差しが、くるりとこちらへ戻ってくる。

「おかえりなさい」

その一言で、今は十分な気がした。この世界に、おかえり。帰ってきてくれて、ありがとう。

「……ふふ」

一秒ほどかけてゆっくりと目をまたたかせ、ドロッセルが穏やかな笑みを浮かべる。

ただいまと、そう言って細められた彼女の瞳には、同じように微笑《ほほえ》んでいる自分の姿が映っていた。

あとがき

この度は『王女殿下はお怒りのようです』九巻を手に取っていただき、ありがとうございます。八《や》ツ橋皓《はしこう》です。

二〇一八年に一巻が発売されてから、六年間続いてきたレティシエルの転生物語、これにて完結となります！　長いようであっという間でしたが、応援してくださった読者の皆様あってこその時間でもありました。本当にありがとうございます。

今巻がシリーズ最終巻ということもあり、レティシエルが目一杯活躍しております。これまでわからなかったレティシエルの謎や千年前の因縁などが開示され、それらを取り巻く環境やキャラたちの思いも踏まえてレティシエルが最後の戦いに挑むまでの過程を描いています。

開示した謎を全て集約させつつ最終決戦に向かわせる作業はなかなか骨が折れたというのは余談ですが、レティシエルの運命がどうなるのか、アストレア大陸の行く末がどうなるのか、それらも含めてレティシエルと世界の戦いを最後まで見届けていただけたら幸いです。

最後に最終巻を担当してくださった編集H様、八巻までお世話になりました編集Y様、及び拙著の出版に関わってくださった全ての方々、イラストを描いてくださる凪白《なぎしろ》みと様、コミカライズをご担当いただいた四つ葉ねこ様、そしてこの本を手に取ってくださった全ての読者に心から感謝を申し上げます。

ご愛読ありがとうございました。

八ツ橋　皓

王女殿下はお怒りのようです
9. 千年の時を越えて

発　　行　2024 年 2 月 25 日　初版第一刷発行

著　　者　八ツ橋 皓
発 行 者　永田勝治
発 行 所　株式会社オーバーラップ
〒141-0031　東京都品川区西五反田 8-1-5
校正・DTP　株式会社鷗来堂
印刷・製本　大日本印刷株式会社

Printed in Japan ISBN 978-4-8240-0683-7 C0193